판사님, 외상값 주세요

문흥주 지음

독자 여러분,
판사가 있는 한강까지 이 책이 흘러갈 수 있도록
큰 물결이 돼 주세요!

판사님, 외상값 주세요

1판 1쇄 발행 2024년 10월 7일

지은이 문홍주

교정 주현강 편집 이세희
마케팅 • 지원 김혜지

펴낸곳 (주)하움출판사 펴낸이 문현광

이메일 haum1000@naver.com 홈페이지 haum.kr
블로그 blog.naver.com/haum1000 인스타 @haum1007

ISBN 979-11-94276-06-7(03810)

우뚝 서세요!

마운드의 주인공은

바로 그대입니다.

기획 의도

너무 아픈 외상은 외상이 아니었음을.

    수업이 끝났다 하면 우르르 한 몸처럼 몰려다니던 시절이 있었습니다. 늘 배가 고파 외상은 물론 옆 테이블 치킨까지 눈독을 들였지만, 흉될 것 없던 2000년대 초반의 캠퍼스. 가난했지만 외상값, 결제가 늦어지면 적어도 나무 뒤로 숨는 시늉이라도 했었던 염치를 알았던 시절. 경쟁 대상이었으나 친구의 눈물을 닦아 줄 줄 아는 낭만이 흐르던 캠퍼스.

    그러나 지금의 캠퍼스는 소양을 갖춘 청년들이 아닌 직업인을 배출하는 직업훈련소로 전락해 가는 모양새입니다. 이제 더 이상 캠퍼스엔 어깨를 걸고 걸어가는 학생도 웃음꽃을 피우는 학생도 찾아보기 어렵습니다. 이 책은 오래전 청춘들로부터 받아 놓은 웃음이라는 꽃씨를 얼어붙은 캠퍼스에 파종하는 봄의 전령이고 싶어 기획되었습니다.

목차

까치통닭 메뉴판

김치통닭 大 24,000

한 마리 20,000

NEW 김치통파닭 21,000

NEW 김떡(김치 싱글과 떡볶이) 20,000

자취생 전용 김치 싱글 메뉴 12,000

*친한 것들 빼고 외상 사절!

전화 주문 ☎ 062-528-4957

(추억과 낭만의 까치통닭)

가게 훈

태어난 시는 달라도
술과 눈물은 함께하자.

신입생으로 들어와 까치와 연을 맺고
과 동기 가운데서도 그야말로 잘생기고
술 잘 먹고 선후배들로부터 인기를 독차지했던
군계일학만 같은 학생.
저도 그 학생이 하는 짓이
예뻐서 어여삐 여겼던 기억이 있습니다.

그러다 언제인가 대뜸, 전화를 걸어 와서는
여자 친구의 생일인데 "제가 한잔 사고 싶습니다."
하는데 문제는 돈이 지금은 없고 다음 주에
과외비가 들어온다며 사정 이야기를 고하는 겁니다.
전 흔쾌히 그러마 약속을 하고 그날 밤
상다리가 부러지게 생일상을 봐주었고….
그 학생 철석같이 다음 주를 기약하면서
가게를 나섰습니다.

★ 외상값, 기억나니? ★

약속했던 주가 훌쩍 지났습니다.
그 학생이 약속한 주가 다 지나가는데
그날 일행들은 물론 당사자의
그림자도 보이지 않습니다.
며칠 더 깜깜소식이 이어지길래
치킨 한 마리를 튀겨 학생 자취방을 찾아갔습니다.
문 앞에서 노크를 하니, "누구세요?"

학생의 목소리가 들립니다.
난 범인 잡으러 나온 형사처럼 목소리를 깔고는
"외상값 받으러 왔다!"
그러자 숨을 죽이는 학생. 잠시, 침묵이 이어지자
난, 다시 한번 문 안쪽을 향해 재차 물었습니다.
"외상값, 기억나니?"

그제야 내 목소리를 알았는지 조용히 문을 열고는
꾸벅 인사를 하는 것입니다.
나를 본 학생, 쩔쩔매면서 죄송하고
외상값은 꼭 갚겠다고 넙죽넙죽하는데….

난 추워 죽겠다며 주인 동의도 없이 학생을
밀치며 방 안으로 들어가는데….
헉, 며칠이나 불을 안 넣었는지
그야말로 방바닥이 얼음장 같은 게 아닌가?

"보일러는 왜 안 돌리니?" 물었더니

가스비도 끊기고 자신은 시골 골짜기에서 자라서
추위를 안 탄다고 너스레를 떠는데….
가만 보니 그 학생 코도 빨갛고 상당히 두터운 외투를
걸치고 있는 겁니다.

그 학생과 들고 갔던 김치통닭과 술을 나누며
외상값을 털어 버리고 돌아와 잠자리에 드는데
도무지 자취방의 냉골이 명치에 걸려 잠이 오질 않습니다.
그 새벽 눈길을 달려 학생의 자취방을 다시 찾은 난
문틈에 가스비를 넣어 두고 돌아왔습니다.

그날 이후, 그 학생의 기억은 뿌연 황사 바람 속에 묻혔고
얼마나 지났을까?

★ 외상값, 기억나니? ★

계절이 바뀌고 장맛비가 내리던 저녁,
교복을 입은 여학생 하나가 불쑥 찾아와
편지 봉투를 내미는 겁니다.
주소도 이름도 우리 집이 아니었기에
누구냐고 물었더니,

임호준 학생을 아시냐고 물어보는데….

그제야 까마득히 잊고 있었던 그 학생 얼굴이
주마등처럼 떠올라….
오빠는 어째서 안 보이냐고 물으니
얼마 전에 입대하였고 전 여동생이며
오빠가 여기 주소를 몰라 저에게 대신
편지를 전해 달라고 해서 왔다는 겁니다.

난, 수수께끼를 풀 듯 편지지를 펼쳤고
편지지엔 훈련이 너무 힘들어 죽을 것만 같은데요.
까치에서 나눈 추억과 언젠가 휴가를 받아 나가면
동기들과 둘러앉아 생맥주와 김치통닭을 나누는
그림을 그리며 하루하루 버티고 있다는 겁니다.

다시 뵙게 되면 저 미워하지 마시고 멋진 군인의
모습으로 인사드리겠노라
그리고 밑줄에 외상값 늦게 드려 죄송하고
그날 밤… 돈!
사장님이 넣어 주셨다는 거 다 알고 있습니다.
그러면서 꼭 취직하면 두고두고 그 은혜 갚겠다는
회한을 담은 내용이었습니다.

난 그날 영업을 마친 뒤, 훌쩍훌쩍 눈물을 짜며
훈련병의 부탁대로
김치통닭 가루와 생맥주를 바른
편지지를 동봉한 답장을 띄웠답니다.

코로나19에 치여 적막감이 흐르고 있는 가게.
핸드폰 벨이 울린다. 외상값 학생, 중년의 호준입니다.

"형님! 저 지금 제자들 데려가고 있응께라
소 두 마리만 잡아 주십쇼!" 너스레를 떠는 겁니다.
"미친놈, 여기는 닭집인게! 전화 끊어라!"

★ 외상값, 기억나니? ★

능글능글 농 치기와 함께 늘 조카들 용돈도 잊지 않는
이제는 마흔다섯 중년의 대학교수가 된 호준이.
옛날에 생일 파티 해 줬던 그 여학생의 안부를
안주 삼아 한참을 주거니 받거니 하는데….
취기가 올랐는지 호준 학생,
꾸벅꾸벅 머리를 떨어트리는 것입니다.

교수가 취하자 짜인 각본인 듯 제자 하나가
일어나 교수님께서 주셨다며 신용카드를 건네는 것입니다.
학생들 계산을 마치고 호준 학생을 부축하는데
몸을 빼는 호준 학생. 화장실을 들렀다 가겠다며
다들 나가 있으라는 것입니다.

그렇게 학생들과 나와 대리기사님을 기다리는데
비슥거리며 가게를 나온 호준 학생,
뜨겁게 포옹을 하더니 볼에 뽀뽀까지 해 주고는
다음 주엔 더 센 놈들 데려오겠다고
너스레를 떨어 대고는….
대리기사와 함께 떠나는 것입니다.

중년의 호준 학생과 학생들을 보내고
가게로 올라온 전 장부 위에
뜬금없이 놓여 있는 몇 장의 오만 원권을 보고….
신사임당을 향해 어떻게 오셨냐고 묻고 있는데
번개처럼 문자가 날아든다.

"형님, 코로나 때문에 걱정이 많으시죠?
살도 빠지신 것 같아 마음도 안 좋습니다!
꼭 형수랑 조카들이랑 고기 사서 드십쇼!
그리고 형님 전 몇백 년의 세월이 흘러도
그날 밤 형님이 주고 가신 가스값! 잊지 않습니다.
사랑합니다!"

이제 와 생각하니 외상도 사랑이었던 것 같습니다.
중년이 된 호준아, 네가 02학번이니 어디 보자.
우리 만난 지가 22년이 됐네.
그때 그날 밤,
눈이 와서 오토바이 운행이 힘들었다.
그래서 갈까 말까 고민했는데
지금까지 인연이 된 걸 보니
가길 잘했다는 생각이 드는구나.

작년 겨울,

함께 온 동료 교수들이 사장님이랑

무슨 관계냐고 물을 때

귀를 쫑긋 세운 적이 있었는데

닭 튀기는 형을 부끄럽다 안 하고

친형보다 더 좋아하는 형님이라고 말해 줘서

얼마나 고맙고 가슴이 뭉클했는지 모른다.

까치에 외상값 있는 김치언즈님들, 알아보니 공소시효가 지나 회수
하기가 어렵다고 합니다. 그러니 마음에 외상이나 금전적 외상이 있
었다면 다들 털어 버리시고 까치통닭을 아름다웠던 추억으로 간직해
주셨으면 감사하겠습니다.

까치통닭 첫 방문 손님 면접지

1. 술은 꼭! 한잔하세요! 술은 물이 아니라 우정입니다.
우정을 나누고 싶지 않다면 포장과 배달!

2. 주변 물건들은 까치를 24년간 사랑해 준
형제님들의 소중한 추억이오니 소중하게 만져 주세요.

3. 맛이 있거나 말거나
절대 소문내지 마시길 간곡히 부탁드립니다.

4. 들국화가 피어 있는 공간이오니
화려한 꽃은 체인점을 이용해 주세요.

5. 24년간 홀을 누비며 서빙한 관계로
무릎 관절이 온전치 않으니 모두 셀프서비스입니다.
(사장님 심부름 금지)

6. 모든 조항에 동의하시면 환영! 착석해 주세요.
오늘 만남은 소중한 인연으로 이어질 것입니다.

이런 갑질 가게가 망하지 않고
24년을 견뎌 냈다는 게
주인장인 저도 신통방통 믿기지 않습니다.

리뷰

←   🏠   🛒

김치 스타 ›   리뷰 91 · 평균별점 4.6   ⋮
★ ★ ★ ★ ★

오, 진짜 김치가 들어가 있어요!

처음 먹어 봤는데 완전 맛있음.

김치전에다가 싸 먹는 느낌?

튀김에 김치랑 김칫국물이 들어가서 그런지

느끼한 맛이 없고 진짜 맛있음.ㅠㅠ

진짜 체인점 없다는 게 믿을 수 없는 맛.

유명 체인점 치킨보다 백배 천배는 더 맛있습니다.

제가 보증하겠습니다.

김치통닭 처음이라고 고민하시는 분들

저 믿고 드셔 보세요.

먹고 나서도 입안이 개운한 치킨은 처음입니다.

진짜 단골 되는 느낌.

아들을 찾습니다

아저씨 한 분이 가게로 들어오셔서는
"혼자 와도 받아 줍니까?"
묻는 겁니다.
난 "그럼요, 술만 많이 드시면 환영입니다."
너스레를 떨며
치킨과 술을 내드렸습니다.
그러다 혼자 오시는 이유가 궁금해
"어쩌다 친구도 없이 이 시간에 오셨습니까?"라고 물었구요.

그러자 창밖을 스산하게 내다보시던
손님이 그러십니다.
우리 아들이 전대에 합격했는데
아들이 다닐 학교에 와 보고 싶어서
이렇게 학교에 찾아왔다가 가시는 길에
들어오셨다는 겁니다.

어쩌다 술까지 하사를 받고 몇 마디
주고받는데 한숨을 쉬며 그러십니다.
여태 사업하느라 아들과 제대로 된 시간
한번 못 가져 봤다고요.
그래서 대화도 줄고 부자 관계도
많이 서먹해졌다고 자책하시는 겁니다.
그런 손님 마음에 조금이라도 위로가 될까 싶어
아무나 안 드리는 낙서 공간을 내드리며
학교 앞이니 아들이 행사 때라도 올 수 있으니
혹 아들에게 하실 말씀이 있으면
한 마디 써 놓고 가시라고
분필을 쥐여 드렸답니다.
좋은 생각 같다고 분필을 받아 쥔 손님,
세상에나 각도를 잡는다며 무릎까지 꿇고는
반듯반듯 글을 써 가시는 겁니다.

동규 아들!
대학 생활
즐겁게 신나게
하길
기원한다.

"사랑하는 아빠가"

이듬해 코로나19 여파로 신학기 행사는 줄줄이 취소되었고
아직도 이 편지는 주인을 만나지 못한 채
아들을 기다리고 있습니다.
언뜻 듣기론 전남대학교 농업생명대
환경? 무슨 과라고 들었던 것 같습니다.

전남대학교 농대를 다녔고 동규라는 이름을 가진 학생은 꼭 아버지
  의 편지를 찾아가시기 바랍니다.

까치 낙서

신안 골 당산나무

비바람이 치면 누구든지 쉬었다 가라며
넉넉한 지붕을 내어 주는 마을 앞 당산나무.
우리 마을에도 당산나무를 닮은 나무 한 그루가 있습니다.
코로나19라는 역병에 치여 허덕거리는 절
온기로 안아 주신 박정권 선생님.
당장, 마음 값을 길은 없으나 약속드립니다.
선생님처럼 큰 나무는 아니어도
저도 선생님처럼 그늘 한 뼘이라도
내줄 수 있는 지붕 있는 나무가 되어
사람들이 오가는 모퉁이 길가에
단단히 뿌리를 내리고 서 있겠습니다.

까치 [ ] **사장님께**
시절이 너무 어렵습니다.
새 확진 환자가 줄어가는 추세라지만 모든 사람들이
공포감에 집에서 나오기를 꺼려하는 실정입니다.
얼마나 힘드실가 걱정은 되지만 제 입장에서도
큰 도움드리기가 어렵네요.
우선 3월 4월 월세에서 20%씩 삭감하도록 하겠습니다.

←   **리뷰**   🏠   🛒

 김치 스타 ＞   리뷰 76 · 평균별점 4.1   ⋮
★ ★ ★ ★ ★

오랜만에 먹는

최애 치킨입니다.

오늘 힘든 일이 있어서

위로차 시켰습니다.

근데 이상합니다.

치킨을 먹으면 배가 부른데….

김치통닭은 어째서

배가 부르지 않고 눈물이 날까요.

김치통닭 먹을 땐 그 잡것들이

항상 생각나네요.

지겨우리만큼 까치에 다녔는데

사장님 저 홈플러스 알바했던 동자부 학생입니다.

제가 한 시에 끝나고 늦게 오니까

애들 다 먹기 전에 제 것만 따로

챙겨 주셨는데 기억나세요?

이젠 시간이 흘러 애들도 자주 볼 순 없지만

김치통닭 먹을 땐 옛 친구

← 　　　　　　리뷰　　　　　　🏠 🛒

만난 듯이 반갑답니다.

그때 그 맛 그대로입니다.

강희도 많이 컸겠네요.

다 보고 싶네요.

사장님, 건강 잘 챙기시구요.

이 세상에 유일무이한 추억의 치킨,

또 주문하겠습니다.

별 다섯! 별 다섯!

양복 좀 빌려주세요

평소 학과 친구들과 술자리를 갖게 되면
목소리를 높이지 않고 말없이 술잔을 비워 내던
말수 적었던 학생.
어느 날 가게를 찾아와
드릴 말씀이 있어서 왔다며 시간을 청하는 겁니다.

난 무슨 일이냐고 물었고
학생은 혹시 양복이 있으면 빌려 달라는 겁니다.
난 양복의 쓰임을 물었고
학생은 낼 모레 면접을 보게 됐는데
양복이 없다는 겁니다.

"야, 면접 보러 가는데 집에 하나 사 달라고 해!"

마땅한 옷이 없다고 하자 씨익 웃으며
집안 형편도 형편이지만
한 번 입고 갔다 오면 되는 건데….
말끝을 흐리며 꾸벅 인사를 남기고는
가게를 나서는 겁니다.

멀어지는 학생 뒷모습을 보며 담배를
꺼내 무는데 무슨 담배가 그렇게 쓰고 맛이 없는지….
향불처럼 피어나는 담배 연기를 바라보다가
오토바이를 타고 부리나케 학생을 따라나섰지요.
그렇게 학생을 태우고 양복점으로 달렸고
여사장에게서 건네받은 최신 면접복을 학생에게
건네고는 파이팅을 외치며 학생과 헤어졌습니다.

얼마 뒤 면접 발표 날,
혹시나 찾아오지 않을까 했던 학생은 나타나지 않았고
며칠 뒤 양복을 들고 나타난 학생.
양복을 돌려주며 면접에서 떨어졌다며 흐느끼는 것입니다.

"사내자식이 이런 일로 울어!"

꾸짖는데, 꺼억꺼억 우는 학생이 그럽니다.
집에서 합격 소식 기다리고 있을 텐데
여태 연락도 못 드렸다고….
아버지, 어머니, 뵐 면목이 없다는 겁니다.

그 양복은 사장님 스타일이 아니니 줘도 안 입는다.
손사래를 치고는 다시 학생 품에 양복을 물리고는
술 몇 잔을 나눈 뒤
고향 집과 통화도 연결해 줬지요.
부모님께 연신 죄송하다고 말하는 학생이 아닌
큰아들의 모습에 어찌나 마음이 짠하든지….
사장님 덕분에 부모님과 통화하게 돼서
감사하다며 이제야 홀가분하다고 그제야 학생의
얼굴은 체가 내려간 듯 화색이 도는 겁니다.

나는 밀려드는 손님들을 받느라 분주해졌고
학생은 연신 머리를 조아리고는 가게를 나섰습니다.
얼마 후 아이러니하게도 행시에 합격했다는
그 학생의 동생 소식이 들렸고….

그 학생과의 만남은
15년이 지난 지금까지 미뤄지고 말았습니다.

민철아, 사장님 책 냈다.
혹시 이 책 보게 되면
사장님 회갑 때까지만 장사할 거야!
양복값 공소시효가 지났다고 마음을 놓고 있겠지만….
가게 단골 중엔 어깨형들도 있다는 거 명심하기 바란다.
사실 사장님도 빤스 차림에 땡벌 부르면서 소파에
누워 있는 비열한 꼴 보이긴 싫다.
그러니 현명한 선택을 하기 바란다. (비열한 거리 참조)

민철아, 요즘 주방에서 일하느라 무지 덥다.
시원한 냉커피 한 잔으로 양복값 퉁치는 거 어떠냐?
빛나는 비단옷이 아니어도 사장님은 개의치 않아.

언젠가 가게 문을 열고 찾아올 널 기다리고 있을게.

김치 스타 > 리뷰 16 · 평균별점 3.7
★ ★ ★ ★ ★

12월 1월 2월 3월 4월 5월 6월까지
모조리 취소됐다가 7월!
드디어 김치통닭 영접에 성공!
그리고 한 점….
그동안 포기하지 않고
도전했던 날들의 보상을 받는 것 같습니다.
치킨과 김치를 따로 생각했을 땐
사실 반신반의했는데
어쩜 이런 맛이….
순살은 잘 안 먹는데 이 집 거는 신세계입니다.
김치 풍미가 있어서 질리지도 않고
홀 분위기도 깜썽 최고라
꼭 술 마실 일 있으면 찾아가겠습니다.
난 이 집 소문 안 내고
혼자만 먹겠습니다.

리뷰   🏠 🛒

 김치 스타 >   리뷰 5 · 평균별점 4.8   ⋮
★ ★ ★ ★ ★

뭐라 드릴 말씀이 없습니다.

09년 학교 다닐 적에 먹었던 그 맛 그대로입니다.

아이가 아파서 우울했는데 마음이 달래지네요.

세상은 다 변해 가는데

어떻게 김치통닭 맛은 옛날 그대로일까요.

월드컵 때 밤새 까치에서 응원하다가

첫차 타고 집에 갔던 날이 생각납니다.

그땐 과대 선배의 동원령에 싫다는 말도 못 하고

억지 비슷하게 참석했는데 지금 생각하니

학창 시절 하면 떠오르는 잊을 수 없는

추억이 된 것 같습니다.

그때 철없던 학생은 이제 아이의 엄마가 되었습니다.

아이 감기 나으면 꼭 신랑이랑 아이 손 잡고

찾아뵙겠습니다.

사장님, 추억의 맛 지켜 주셔서 감사합니다.

전남대 심리학과 동문 여러분, 보고 싶어요.

야! 다른 통닭집으로 가자!

우르르 한 무더기의 남학생들이 가게로 들어섭니다.

선두의 학생: 김치통닭 주세요!!

주인장: 야, 김치통닭 먹고 싶으면 여학생하고 같이 오라고 했잖아!

학생들: (울상이 되어) 사장님, 다음에 데려오면 안 될까요?

주인장: 야, 니들 몽타주론 여자 친구 만들기 어렵겠는데….

그렇게 학생들의 아킬레스건을 건드리며 줄까 말까

줄다리기를 이어 가는데 어디선가 표독하게 들려오는….

"야! 다른 통닭집으로 가자!"

학생들, 그 학생의 입을 틀어막으며
애가 더위 먹어서 그런다며 연신 허리를 조아립니다.
다음엔 여학생이 아닌 여자 친구
꼭 데려오겠다는 뻐꾸기를 날린 뒤,
김치통닭을 영접하고 돌아갈 수 있었답니다.

믿거나 말거나 예전엔 우리 집 김치통닭 먹는 게
A 학점 받기보다 더 까다로웠구요.
중년의 그 학생, 지금도 가게에 들어오면
"야! 다른 데로 가자!" 겁박을 한답니다.

← 　　　　　　　　 리뷰 　　　　　　　 🏠 🛒

 김치 스타 ＞ 　리뷰 64 · 평균별점 3.8 　　　⋮
★ ★ ★ ★ ★

김치통닭 사실 첫 도전이 어렵긴 하지만

처음 먹어 본 사람은 있어도

한 번만 먹어 본 사람은 없으리라.

김치통닭 역시 맛있네요.

어버이날엔 꼭 울 부모님께도

맛을 보여 드리겠습니다.

어버이날 봬요.

LTE 📶 100% 🔋

리뷰

🏠 🛒

 김치 스타 > 리뷰 12 · 평균별점 4.5

⋮

★ ★ ★ ★ ★

사장님, 저 체중 관리해야 하는데
비도 오고 넘 막걸리가 먹고 싶어
뭘 먹을까 하다 역시 비 오는 날엔
김치통닭이 원초적 본능이네요.
파채 추가 싱싱! 소스도 완전 넉넉!
진짜 김치통닭 안 드신 분들
진짜 꼭꼭 드셔 보세요.
저는요~~ 맛있으면 한 곳만 파 버립니다.
여러분들도 고민 마시고 저처럼 파 보세요.

우리는 지금 로마로 간다

추석이라고 평소 친분 있는 학생들이
가게를 찾아왔습니다.
명절 인사를 한답시고 베지밀을 내놓고
여수에서 올라온 학생은
엄마가 직접 담근 갓김치가
기가 '꽉' 막힌다며 맛배기까지 내놓는 겁니다.

명절이라고 나눌 줄 아는 학생들이
기특하고 고마워서 술과 안주를 내놓았고
주거니 받거니 술잔을 나누고 있는데….
문득, 나이트에 관련된 이야기가 술상에 올랐고
난 학생들로부터 술이 확 깨는 이야기를
듣게 되었습니다.

둘러앉은 학생들 모두가 여태 나이트 구경을
한 번도 못 했다는 것입니다.
몸치인 나도 가 본 곳을….
평소 나이트는 청춘의 특권이자
해방구라고 생각했던 난
이 학생들이 참으로 가련하게 여겨져 물었습니다.

"너희들, 혹시 나이트에 가 보고 싶은 마음은 있니?"

물었고 학생들은 일제히 '꼭!' 한 번 가 보고 싶다며
뒤집어지는 것입니다.
그런데 가만 보니
학생들의 드레스 코드가 참으로 가관입니다.
각자 집과 기숙사로 흩어졌다가 다시 모이기엔
피크를 놓치는 시간대라
학생들은 고향 집에서 입고 온 옷차림 그대로
바리바리 챙겨 온 명절 음식들을 들고
당시, 광주에서 가장 핫하다는
나이트를 향해 거침없이 진군하였습니다.

지금 생각하면 '술이 웬수였지요.'
학생들, 그 추리닝 차림으로
여자들 다 꼬셔 버리겠다고
잿밥을 비우며 택시에서 내렸고 곧장,
웨이터 한 명이 뛰어와 몇 분이냐며 묻다가
우리 행색에 눈동자가 크게 흔들리는 것입니다.

어느 정도 웨이터의 반응을 예상했던 터라
난 웨이터에게 지폐 몇 장을 안긴 뒤
수학여행 왔으니 사정 좀 봐달라고 읍소하였고
간신히 나이트 입성에 성공하였습니다.

기고만장한 학생들. 웨이터 속사정도 모른 채
환호성을 지르며 로비에 들어서는데 그때였습니다.
'퍽!' 소리와 함께 때굴때굴 사과와 밤이 구르고
학생의 종이 백을 탈출한 갓김치 통이 깨지면서
마침 곁을 지나던 아가씨들 스타킹에 핏물처럼
튀어 버린 것입니다.

스타킹에 묻은 김칫국물을 바라보던
금요일 밤의 아가씨들은 기겁을 하더니 방방 뛰며
울상을 짓는 것입니다.

사색이 된 웨이터들….
정신없이 교신을 날리고 어디선가
밀걸레와 물통을 들고 부랴부랴 달려온 웨이터들.
폴리스 라인만 치지 않았지,
마치 강력 사건이 벌어진 듯
주변을 일제 통제하고는 바닥과 계단에
쏟아진 김칫국물을 치우고….
아수라장이 된 현장을 수습해 내는 것입니다.
조금 전 팁을 받았던 웨이터가
방향제를 뿌리며 다가오더니 울상이 되어….

"성님! 여기 로마랑께라!"

넋두리하는 것입니다.

난 울상이 되어 서 있는 아가씨들에게
스타킹값을 쥐여 주고는
광주 제일의 물은 구경도 못 한 채,
삼십육계 줄행랑을 치기 시작했습니다.

얼마나 달렸을까?
함락이 코앞이었기에 미련이 남아 돌아보는데
명멸하는 로마 나이트 간판이
일행을 향해 불화살을 날리듯
쏘아보고 있는 것입니다.

우리는 날아오는 불화살을 피해
황급히 로마해장국으로 뛰어 들어갔고
밤새 갓김치를 들고 온 학생을 타박하며
광주 제일이라는 물맛 대신 로마해장국의
뼈다귀만 물어뜯다가 돌아왔습니다.

그리고 얼마 후,

위대한 제국 로마는 역사 속으로 사라졌습니다.

우리 탓일까?

김칫국물 하나에 무너질 로마는 아니겠지?

하면서도 어쩐지 발이 저려 오는데….

스멀스멀 떠오르는 두 분의 아가씨.

한껏 멋을 내고

금요일 밤의 나이트를 찾아오셨을 텐데….

본의 아니게 김칫국물을 뒤집어씌워

다시 한번 지면을 통해 사죄 말씀을 드립니다.

12:34LTE 100%

리뷰

 김치 스타 > 리뷰 11 · 평균별점 4.1
★ ★ ★ ★ ★

부정할 수 없는 바삭바삭한 맛!

그리고 그 속에 진주처럼

숨어 있는 부드러움

은은하게 가슴을 흔들며

내가 한국인임을 새삼 느끼게 해 주는

얼과 김치의 향

완벽의 삼위일체 치킨

천하 유일 김치통닭

김치 스타 >   리뷰 23 · 평균별점 4.2   ⋮
★ ★ ★ ★ ★

대학 시절 기숙사에서 정말 자주 먹었던 치킨

여전히 맛있어요!!!

다시 자주 시켜 먹을 것 같아요.ㅎㅎ

프랜차이즈 치킨만 파는 요즘

그 어떤 치킨집보다 좋은 정육과

퀄리티, 양을 여전히 유지하시네요.

다들 고민 끝! 돌다리만 두드리지 마시고

고기뿐만 아니라 정까지 느껴지는

김치통닭 꼭들 시켜서 드셔 보세요.

저처럼 추억의 치킨이 될 겁니다.

사장님, 수고하세요.

또 주문하겠습니다.

김치 스타 ＞ 리뷰 17 · 평균별점 4.1 ⋮
★★★★★

사장님 친절하시구 치킨도 맛있어서 좋아요.ㅠㅠ
튀김들도 맛도리~~ 세상에 이런 치킨집 없습니다.
서울에서 6년 살다가 내려왔는데
서울 치킨은 말 그대로 배가 부르는
고깃덩어리였던 것 같습니다.
배는 불렀지만 어딘가 2% 부족한 허기!
출발 전에 대기 문자.
출발 후 늦어서 죄송하다는 출발 문자와
덧붙여서 "맛있게 드시구 여름 건강히 나세요."라는
안내 문자.
전, 치킨 먹으면서 사장님과 문자를 주고받았던 적이
단언컨대 한 번도 없었습니다.
사장님 문자에 저도 모르게 답을 하고 있드라구요.
사실 사장님의 장삿속 멘트일 수도 있겠으나
주변 지인으로부터도 이런 문자 못 받아 봤거든요.
오늘 치킨은 허기진 영혼까지 채워 주는 것 같습니다.
치킨도 먹고 오늘 밤은 행복합니다.

졸음 쉼터

판사님, 외상값 주세요

판결문

주문
1. 원고의 청구를 기각한다.
2. 소송비용은 원고가 부담한다.

    고, 소유의 광주 북구 신안동 1층 상가에 관하여 보증금 일천만 원월 삼십만 원, 임대차 기간 2002년 9.24부터 24개월로 정하여 임대차 계약을 체결한 후 이를 점유, 사용하여 오던 중, 확장공사로 인하여 2004.9.22.경 피고와 절충 끝에 보증금 2000만 원 임대차 기간 2년, 월 임대료는 재계약 후, 처음 6개월 동안은 90만 원, 그 이후부터는 월 백만 원으로 정하여 구두계약을 체결하였는데….

    피고가 위 구두계약을 위반하고 이 사건 상가를 다른 사람에게 임대하였으므로 피고는 원고에게 약정 위약금, 영업 손실금, 배달 이탈로 인한 손해 등 합계 오천만 원 및, 이에 대한 지연손해금을 지급할 의무가 있다고 주장한다.

    그러므로 과연 원고의 주장과 같이 2004.9.22.경 피고와의 사이에 계약 체결을 위한 교섭 단계를 넘어서 확정적으로 임대차 계약이 체결되었는지에 관하여 살피건대 갑 제1호 증의 1, 2 갑 제3호 증, 내지 갑 제6호 증의 각 기재 또는 영상, 증인 김영심(피고의 부인) 증언, 피고 본인 신문결과만으로는 이를 인정하기에 부족하고 달리 이를 인정할 증거가 없다.

    따라서 이와 반대의 전제에 선 원고의 이 사건 청구는 이유 없어 이를 기각하기로 하여 주문과 같이 판결한다.

판사 양○○.

이제부터 여러분이 풀어파일러가 되어 그날의 진실을 파헤쳐 주세요. 소송 전 건물주가 보낸 내용증명입니다.

수신, 문흥주
발신, 이○○

1. 귀하의 사업번창을 진심으로 기원합니다.

2. 임대 기간이 만료된 시점에 임대인은 동 점포를 확장 수리하겠으니 귀하들에게 비워달라고 하면서 수리 후에도 재계약을 원할 경우 임대

금을 올려 임대계약을 체결하겠으나 임대금을 올려주지 않으면 재계약하지 않겠다고 분명히 입장을 밝혔던바, 귀하들은 임대 재계약을 체결하자는 의사표시도 없이 점포 내 귀하들의 물건을 전부 빼내고 임대인에게 동 점포를 명도 하였으며 이후, 임대인이 동 점포를 수리 완료하기까지 단 한 차례 연락도 없었고 임대인 또한 귀하들과는 동 점포에 대한 임대계약을 연장해 주겠다는 의사 표명도 단 한 차례 한 적이 없습니다.

3. 임대 기간 만료 후 귀하들과 임대계약을 구두상으로도 체결한다는 의사를 표명치 아니하였으므로 임대인은 귀하들이 주장하는 위, 금을 지급해야 할 하등의 이유가 없음을 알려드리는 바입니다.

이제 제가 건물주와 구두계약을 체결하는 녹취를 들려드리겠습니다.

피고: 그렁께, 자네 말은 처음 육 개월만 90으로 하자는 건가?

원고: 예, 어르신.

피고: 육 개월이 지나서 백만 원으로 한다?

원고: 예.

피고의 부인: 그렇게 해 줍시다.

원고: 어르신, 열심히 하겠습니다. 세는 무슨 일이 있어도 안 밀리고 꼬박꼬박 드리겠습니다.

피고의 부인: 강희 아빠야, 재주가 있응께 그런 건 걱정 안 해.

피고: 보증금은 이천이네.

원고: 어르신, 감사합니다. 열심히 하겠습니다.

건물주의 주장에 반론하는 저의 입장문입니다.
(아직도 그날의 녹취 테이프를 가지고 있습니다.)

1. 공사 중 단 한 번도 원고가 공사장을 찾아오지 않았다?

반론: 앞집이 통닭집입니다. 매일은 아니어도 3, 4일에 한 번씩 들러 인
　　　부들 새참으로 통닭과 막걸리를 내놓았습니다. 그 자리엔 집주인
　　　아저씨도 합석한 적이 있고 공사 책임자인 집주인의 친구분도 동
　　　석하였습니다. 이후, 통닭집 사장과 공사 책임자에게 증언을 부탁
　　　하였으나 공사 책임자는 친구라는 관계 때문에 앞집 통닭집은 이
　　　웃집과 불편하게 살고 싶지 않다는 이유로 증언을 거절했습니다.

2. 원고는 계약 만료 후 한 번도 계약을 위해 찾아오지 않았다고 증인(피고의 아내)은 주장하였고 양 판사는 증인의 주장을 받아들였습니다. 그렇다면 판사님, 녹취에 나오는 피고의 부인은 유령이라는 말입니까?

3. 재계약에 대한 의사표시가 없었다.

　　실제 집주인과 재계약하는 내용이 담긴 녹취를 소송 시작과 함께 제
출하였습니다. 물론 집주인은 최초, 녹취가 있는 줄 모른 채 소송에 임

했습니다.

"예, 다 좋습니다!"

당시 계약을 문서화하지 못한 절반의 과실은 제가 지고 가겠습니다. 그러나 모든 책임을 제 탓으로 전가한 판결은 받아들일 수 없기에 항소까지 갔는데 "천 번이고 법대로 해 보라."라고 말하던 건물주의 조롱 섞인 목소리가 아직도 귓가에 맴돕니다.

건물주는,
"난 시청 인사과에서 30년 근속하다가 정년 퇴임했다!"

그러니 법대로 해 보라고 늘 입버릇처럼 목소리를 높였습니다. 건물주의 호언대로 얼마 뒤, 양 판사는 두 사람 간의 계약은 확정적이라 볼 수 없고 녹취 또한 증거로 인정하지 않았고 나아가 건물주의 과실을 찾기 어렵다며 10:0 원고 패소 판결을 내렸습니다. 억장이 무너진 저는 곧장, 집주인과 함께 세상을 하직할 생각에 피고의 집으로 달려갔습니다.

다락방에 숨어 있는 건물주를 끌고 나와 함께 죽자고 악을 지르며 옥상 난간 위에 올라섰습니다.
피고의 아내까지 뒤엉킨 채 세 사람이 밀고 밀치며 실랑이를 벌이는데 경찰들이 달려와 묻습니다.

"결혼하셨다면서요? 아이도 있다면서요?"

아이? 고개를 들어 하늘을 보니 재판 결과를 기다리고 있을 아내와 딸의 얼굴이 떠올라 왈칵, 눈물이 쏟아지는 것입니다.
결국, 난 손을 풀었고 피고의 집 대문값과 부서진 현관문 그리고 다시는, 다시는 이 집에 찾아오지 않겠다는 피 토하는 각서를 쓴 뒤에야 훈방 처리가 되었습니다.

억울하고 너무나 분해서 청와대도 찾아가 봤고 지체 높으시고 방귀좀 뀌며 산다는 고관대작들도 찾아가 봤지만, 어디에도 짓고땡처럼 흔들어 대는 법 봉을 막아 줄 정의의 디케는 등장하지 않았습니다.

너무도 억울해서 판결문을 품에 안고 강바람 치는 갈대숲에 들어가 얼마나 울었는지 모릅니다.
해가 뉘엿뉘엿 지고 있는 그 순간 머리를 내밀고 날 노려보는 구렁이와 마주쳤고 한참을 노려보다 날 향해 다가오는 구렁이에게 쫓겨 혼비백산, 갈대숲을 도망쳐 나왔고 강줄기를 거슬러 오르는 구렁이처럼 그렇게 세월은 흘러 오늘 전, 화이트데이에 내놓을 사탕을 사기 위해 사탕 가게 앞에 서 있습니다.

사탕을 받고 좋아할 가족들을 떠올리니 절로 미소가 지어집니다.

20년이 지났지만, 아직도 그날의 상처는 굳은살이 되지 못한 채 살덩이를 아리게 하고 있습니다.

혹, 저의 이야기가 세상의 빛을 보게 된다면 양 판사님께 묻고 싶습니다.

녹취가 인정되지 않는다면 무슨 연유로 법원 앞엔 녹취 사무실이 그리 많았던가요?

전 아직도 가슴을 졸이며 앉아 있는 국민 앞에서 잠을 자던 판사와 국민의 억울함은 뒷전인 채 하품을 하며 법 봉을 두드리는 당신의 얼굴을 생생히 기억하고 있습니다.

"판사님, 이젠 우리 가족에게 진 외상값 갚으셔야죠!"

재심

저는 전남대학교 로스쿨에서 수학 중인 학생입니다. 최근 인공지능 발전으로 리걸테크가 급부상했고, 일각에서는 판사가 AI로 대체될 것이라는 전망도 나오고 있습니다. 이에 저희 학생들은 법리 공부에 몰두하면서도, 미래에도 대체 불가한 인간만의 고유 능력은 무엇일지를 끊임없이 고민하는 중입니다.

그것은 바로 법정 너머의 살아 숨 쉬는 이들을 직시하며, 그들의 삶과 애환을 끌어안을 수 있는 따뜻한 마음입니다. 냉철한 직관에 더해진 그 마음만이 인간을 인간답게 하고, 법조인을 법조인답게 만듭니다.

그러므로 진정 판사다운 판사는 사건의 진실에 다가가기 위하여 치열하게 노력하는 동시에, 해당 판결이 당사자들의 삶을 실질적으로 보호할 수 있는가에 대해서도 처절하게 고민해야 합니다.

이러한 관점에서 위 사건의 면면을 살펴보면, 구두계약이 있었다는 사정이 명확함에도 그 신뢰가 보호되지 않았으며 당사자 간 취득

된 녹취가 버젓이 존재함에도 전혀 증거로 다루어지지 않았습니다.

그 결과 사건의 실체적 진실에 다가가지 못했고, 상대적 약자인 임차인을 전혀 보호하지 못하게 되는 판결이 내려졌습니다.

제가 당시 재판부에 있었다면, 사실관계가 판이하게 바뀔 수 있는 녹취 증거물을 배척하지 않고 깊게 조사한 후, 임차인을 최대한 보호할 수 있는 판결을 내렸을 것이라고 생각합니다.

이러한 판결들로 인해, 까치통닭 사장님을 비롯하여 소상공인들과 사회 곳곳 법의 사각지대에 있는 사람들에게 대한민국 사법부가 큰 빚을 지고 있다고 생각합니다.

저희 후배들이 열심히 공부해 따뜻한 법조인이 되어 이 많은 외상값을 차차 치러 나갈 수 있기를 소망합니다.

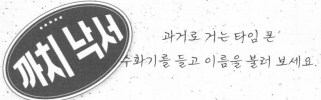

과거로 거는 타임 폰
수화기를 들고 이름을 불러 보세요.

단, 맨정신 금물
술이 덜 취하셨다면 통화가 끊길 수 있습니다.

전 실제로 하늘나라에 계시는 엄마, 아빠랑 자주 통화합니다.
거짓부렁 아닙니다.

엄마가 뭐라는 줄 아세요?
전화세 많이 나온께 끊자? 이제 믿겠지요?

언제든 누구든 통화하고 싶은 분이 계시면
타임 폰 찾아오세요.

반에서 혼자 백 점
오늘 들어온 손님 술 공짜!
카~ 오늘 밤, 술맛 백 점!

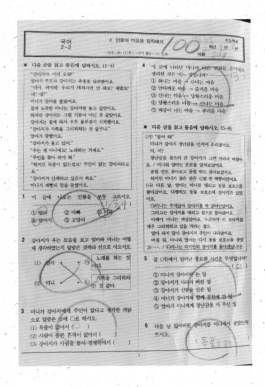

LTE .ıll 100% 🔋

리뷰

 김치 스타 > 리뷰 5 · 평균별점 4.3
★ ★ ★ ★ ★

19년 전 학교를 졸업하고

직장 생활을 경기도 오산에서 하게 됐습니다.

회사에 기숙사가 없어서 방을 얻어야 하는데

버스 타고 올라오다가

방값이 들어 있는 지갑을 쓰리당해

오갈 데 없는 미아 신세가 되어 버렸습니다.

발을 동동 구르다 연락한 곳이

바로 지금의 까치통닭입니다.

사장님 일절 딴 말씀 없으시고

남자는 제대로 된 직장을 갖춰야 된다며

무지 축하를 해 주셨고

다음 날 입금까지 해 주셨습니다.

물론 김치통닭도 시그니처이지만

전남대 학생들을 장사보다

진심으로 아껴 주시는 큰형님 같은 분입니다.

영원하라, 김치통닭.

리뷰

 김치 스타 ﹥   리뷰 16 · 평균별점 4.6   ⋮
★ ★ ★ ★ ★

엄마가 눈이 똥그래지더니 그래요.

할머니가 치킨을 다 드신다고.

고기만 보시면 이가 안 좋다.

소화가 안 된다 하셨던 할머님이

생전에 유일하게 드셨던

할머니의 최애 치킨 김치통닭

아버지도 사 들고 오시고

저도 사 들고 가고….

겹치는 날도 있었던 치킨입니다.

3년 전에 돌아가신 할머니의 제삿날

아버지는 늘 김치통닭을 상에 올리신다고

저에게 잊지 말라고 몇 번을 당부하십니다.

오늘도 할머니께 드리려고

포장 주문을 해 왔답니다.

사장님께서 특별히 신경 써 주셔서

할머님이 더 좋아하실 것 같습니다.

김치통닭은 사랑입니다.

감사합니다.

재판에서 지고 저와 아내는 연기도 잘 빠지지 않는 근처 지하 가게를 임대하여 치킨집을 운영하게 됐습니다.

그러던 어느 날, 전남대 캠퍼스를 걷다가 부채 크기만 한 네 잎 클로버를 발견하는 꿈을 꾸었고 여느 날처럼 가게에 나와 영업 준비를 하고 있는데 1층에서 호프집을 운영하던 이모님께서 가게를 찾아오셨습니다.

그러면서 말씀하시는 게 개인 사정이 있어 더 이상 가게 운영을 못할 것 같으니 직접, 1층 가게를 운영해 보는 게 어떠냐고 묻는 것이었습니다.

마음이야 당장이라도 잡고 싶지만 대학가 앞 1층 가게라는 게 세도 그렇지만 권리금이 한두 푼 하는 게 아니었기에….

며칠을 끙끙 앓다가 지푸라기를 잡는 심정으로 가게에 자주 찾아오는 학생에게 사정 이야기를 늘어놓게 되었습니다.

우리의 대화를 들었는지 알바생이 달려와 까치가 1층으로 가면 너무 좋을 것 같다고 하면서 통장에 있는 거금 백만 원을 쾌척하겠다며 통장을 선뜻 내미는 것이었습니다.

얼마 후, 저의 이야기를 듣고 고민했다는 학생이 자취방 룸메와 과친구 일곱을 데리고 가게를 찾아와 학자금 대출을 받아 줄 테니 1층 가게를 얻는 데 보태 쓰라고 했습니다.

지금도 가끔 방송 촬영이 있을 땐 꼭, 그때 그 신화 같은 학생들 이야기를 늘어놓으며 방송 분량을 채워 드리는 단골 소재로 차용하고 있습니다.
인터뷰를 하는 작가 선생님은 세상에 이런 일이 있냐며 반신반의하지만요.

어디서 뭘 어떻게 알아봤는지 1, 2금융권에서 대출을 받으면 부모님께 연락이 가니…. 혹시, 그 아래 은행 같은 곳을 알고 있냐고 물어보는 것입니다.
마침 가게 다니는 손님 중에 대부업체 직원이 있어 의논 끝에 학생들을 대동한 채 사무실을 찾아갔고 대출을 받아 기어이 1층 가게를 얻게 되었습니다.

기간은 3개월. 금액은 천육백. 거기다 한 학생은 아파트 들어갈 계약금이라며 칠백만 원을….

그것도 차용증도 없이 빌려주었고 직전, 학생의 어머니로부터 전화가 걸려 왔습니다.

거두절미하고 내 아들이 태어나 처음 믿어 본 사람 같은데 부디 상처 주지 말라는 당부 말씀을 남기시고는 툭, 전화를 끊는 것입니다.

기적이 일어난 것입니다.

다행히 가게는 문전성시를 이뤘고 학생들에게 빌렸던 돈들은 기일 안에 무사히 돌려줄 수 있었습니다.

그러면서 학생들에게 이자를 주지 못해 미안하다고 하자 학생 하나가 그럽니다.

사실, 세 달 동안 불안했는데 이제야 발 뻗고 잘 수 있게 해 주셔서 반대로 저희가 더 고마우며 이자 대신 술로 주시면 안 되냐고 하는 겁니다.

맞습니다. 대부업체가 어딥니까?

행여 돈을 못 갚아 내는 상황이 왔더라면 이 학생들, 얼마나 난처하고 힘들었을지….

아직도 어깨들 사이에 앉아 부들부들 서류를 작성하던 살 떨리는 학생들의 모습들이 먹먹하게 떠오릅니다.

낙지 잡는 헌휘야!
마흔다섯이 넘어 늦장가 가는 헌종아!
그리고 내성적이고 행동이 느리다고 늘 지천 들었던 알바생 영선아!
너희들이 까치의 네 잎 클로버였고
우리 가족을 지켜 낸 호위무사였다.
사랑한다!

←   리뷰   🏠 🛒

 김치 스타 ＞   리뷰 9 · 평균별점 4.6   ⋮
★ ★ ★ ★ ★

먹기 싫다고 다른 치킨 먹겠다고
생떼를 쓰던 아이에게 한 번만 먹어 보라고
권했던 제 자신이 원망스럽네요.

이젠 김치통닭만 사 달라고 해서요.
우리 집 쪽은 광산구 쪽이라
까치가 있는 전남대와는 극과 극
어쩔 수 없이 차를 몰고 나왔는데
비까지 쏟아집니다.
왕복 두 시간 아내가 아이를 보며
어이없어하는데 전 훈장으로
쪽 뽀뽀를 받았습니다!
맛나게 먹는 걸 보니 좋긴 한데
또 사 달라 하면 어쩌나 걱정이 됩니다.
사장님 이쪽으로 이사 오시면
안 될까요?

←   리뷰   ⌂   🛒

 김치 스타 >   리뷰 7 · 평균별점 4   ⋮
★ ★ ★ ★ ★

애인도 아닌 것이

밤마다 생각납니다.

넘 맛있구요.

소스도 존맛탱.

언젠가 세계 챔피언까지 배출했던
명문 권투 체육관 관장 형님이
임대로 나온 옆 가게를 보더니 입맛을 다시며
나는 배달하고 네 형수는 닭만 튀기면 되지?
하시면서 가게를 임차했던 기억이 있습니다.

선수 시절 화려했던 전적임에도
밤마다 취객들과 맞다이를 벌이다
1년 뒤 주취자들의 카운터에 맞아 결국 KO 패
쓸쓸히 문을 닫고 말았지요.

여러분, 자영업 쉬워 보인다고 말씀들 하시지만
아닙니다.
생각해 보세요.
정신이 말짱한 사람도 상식 밖 일을 일삼는 세상인데
거기에 술을 복용하면 어떻게 되겠습니까?

이해되셨죠?

이제부턴 자영업자들,

특히 주류를 다루는 매장,

응원 많이 해 주세요.

← 　　　　　　　리뷰　　　　　　⌂ 🛒

 김치 스타 ＞　리뷰 18 · 평균별점 4　　　⋮
　　　★ ★ ★ ★ ★

어지간한 브랜드보다 맛있네여.

이제 사 먹어 보게 된 것이

헉… 후회스러울 뿐입니다.

음마~ 치즈스틱 늘어나는 거 보소!

통닭도 야들야들한 살을 감싸는

바삭한 김치 튀김 옷

거기에 파채!!! 뭐여, 이거….

파채에 얹어서 먹은께

치킨 어디 가 브렀네.

나 이 집 홍보 대사 아닙니다.

진짜 안 드시면 저처럼 후회합니다.

리뷰   🏠 🛒

김치 스타 〉   리뷰 31 · 평균별점 3.7   ⋮
★ ★ ★ ★ ★

비가 온다.

귀신에 홀린 듯

난 어플을 켜고

치킨 카테고리에 들어가

김치통닭을 주문하고

아래 마트로 달려가

무등 막걸리 두 병을

들고 와 한 병은 냉동고에

한 병은 냉장고에 넣는다.

드뎌 김치통닭이 도착하셨다.

막걸리를 채우고 카~

쭉 비우고 김치치킨을 먹는다.

막걸리와 김치치킨

사람 미치게 만든다.

난 비 오는 날

김치전이 아닌 김치통닭이 땅깁니다.

사장님, 오늘도 별 다섯!

자전거 도둑

갑작스러운 아이의 배앓이로 병원을 다녀오신 아버지.
출근이 늦어 고민하시다가 주인집 아저씨에게 오늘
하루만 자전거 좀 빌려 달라고 하셨다가 퇴짜를 맞고는
연장 가방을 메고 장장 30리 밖 현장까지
정신없이 달려가셨습니다.

현장 소장에게 사정 이야기를 하시고는
무사히 출근 도장을 찍고 해가 한 참 진 뒤에야
찌그러진 황도 캔 몇 개를 들고 집으로 돌아오시는데
엄마는 울고 계시고 대뜸 자전거 내놓으라며
멱살잡이하는 주인아저씨의 모습에
무슨 일이냐고 물으니 아버지가 출근하신 다음에
멀쩡하던 자전거가 사라져 버렸답니다.

★ 자전거 도둑 ★

그래서 주인집 아저씨는 아버지를
강력한 용의자로 지목하셨고
당장 자전거값 물어내고 짐을 싸서 나가라고
호통을 치셨습니다.

아버지는 도둑이 아니라고 억울하다고 하소연했지만
막무가내인 집주인은 한 번만 더 주둥이 놀리면
콩밥 먹게 하겠다고 으름장을 놓으셨고
그 밤으로 어머니와 아버진
훌쩍훌쩍 찌그러진 황도로 허기를 채우며
이삿짐을 싸셨습니다.

그렇게 밤을 새우며 짐을 싸신 어머니, 아버지
셋방을 나서려 문을 여는데
놀랍게도 사라졌던 자전거가
떡하니 우물가 옆에 말처럼 서 있는 것입니다.
범인은 아가씨를 태운 채 드라이브를 다녀온
집주인 양반의 망나니 같은 아들놈 자식이었구요.

아버지는 급구 만류하는 주인아저씨의 손을 뿌리치고

결국 이사를 가셨고

이후, 아버지는 얼마나 서럽고 한이 되셨는지

돌아가시는 그 순간까지

단 한 번도 자전거를 타지 않으셨습니다.

"아부지, 하늘에서도 자전거 안 타고

걸어 다니시는 건 아니지?"

\# 아버지, 아버지가 다시 살아 돌아오신다면

　삼겹살 지글지글 구워지는 불판 앞에 앉아

　아버지랑 소주 한잔 나누며

　아버지가 부르는

　십팔 번 「고향초」에 젖어 보고 싶습니다.

　걸음이 느려 아버지께 진 외상값을 한 푼도 갚지 못 했습니다.

　원금은 커녕 이자 한 푼도 못 냈으니 악성 채무자가 아닐 수 없습니다.

　그래서 아들 나이 오십이 넘었음에도

　아직도 아들은 아부지가 그립고 보고 싶습니다.

어느 멋진 의원님이 생전에 그러셨답니다.

법이 만인에게 평등하다는 생각

접어 두시라고....

법은 이 땅에 사는 만 명에게만

평등한 거라고!

언제쯤이면 우리들의 아버지가 울지 않도록

이 숫자가 만인으로 뒤집히는 날이 올까요?

P. 77

리뷰

 김치 스타 >   리뷰 4 · 평균별점 4.2   ⋮
★ ★ ★ ★ ★

예전에 까치통닭 불나는 걸

뉴스로 보았습니다.

그 뒤로 까치통닭이 사라진 줄 알았는데

학교에 일이 있어 들렀다가 가는 길에

대로변 2층에 걸려 있는

광석 님 사진을 보게 됐습니다.

집에 오자마자 과 동기들에게

까치통닭 사라지지 않았다고

문자 보내느라 야단법석을 떨었구요.

그리고 추억을 꺼내듯 주문을 했구요.

역시나 푸짐한 구성

정도 옛날 그대로이구요.

심호흡을 하고 한 입 베어 무는데

타임머신을 타고 2006년 신학기로

순간 이동한 줄 알았습니다.

아, 그대로입니다.

아니, 더 맛있어졌습니다.

리뷰

이제 마흔을 내다보는 노총각의
허전한 가슴을 김치통닭이 넘치게 채워 주네요.
사장님께서 쓰레기라고 불렀던
신방과 졸업생입니다.
추억의 김치통닭 잊고 살았고
다시는 못 먹을 줄 알았는데
이렇게 맛나게 먹을 수 있게
해 주셔서 감사합니다.
곧 찾아뵙겠습니다.
강희도 보고 싶네요.

동거는 사랑!
결혼은 의리!

노란 바나나 껍질을 벗기면
달달한 바나나 열매가 나오고
빨갛게 익은 사랑을 벗기면
눈물이라는 즙과 함께
쓰디쓴 이별이 나옵니다.

좌절 금지!
유쾌한 사장이 주방에 있습니다.
까치엔 땅끝 바다 끝까지
다녀온 사람들의 이야기가 많습니다.
쓰러졌지만 포기하지 않았고
다시 분연히 일어나 부활의 신호탄을 쏘아 올렸던
뜨거운 사람들의 이야기를 들려드리겠습니다.
당신, 반드시 부활할 수 있습니다.

추억과 낭만의 까치통닭 Since 2001

호랑이 굴에 들어간 김치언즈

결혼은 한 번만 하고 둘 중 하나가

죽어야 이혼이 가능했던 세상.

갓 전역하고 가진 거라곤 달랑,

몸뚱이 하나뿐이었던 시절.

참으로 드라마틱하게 한 여자를 알게 되었습니다.

삐삐로 메시지를 주고받던 아날로그 시절.

그날 삐삐엔 오늘 사정이 생겨

약속 장소에 못 나갈 것 같다는 소개팅?

그때는 미팅이었죠?

여성분의 음성 메시지가 들어왔고

나 또한 밀린 빨래에 집 청소하느라

알겠노라 메시지를 보낸 뒤

있는 힘껏 빨래를 쥐어짜는데

대뜸, 메시지 하나가 전송됩니다.

"기다리고 있는데 왜 나오지 않느냐?"

헐, 알고 보니
소개팅녀의 부탁을 거절했던 친구가
고민 끝에 소개팅 장소에 나온 것입니다.
난 너무나 미안한 마음에 눈썹이 휘날리게
그녀가 기다리는 곳으로 달렸고
믿기지 않게도 이후, 이 아가씨와
백년가약을 맺게 되었습니다.

그런데 더, 어이가 없는 것은
고졸 학력에 나이도 어리고
엽전 한 닢도 없는 놈이
무턱대고 아버지를 찾아가
딸을 내놓으라고 떼를 썼던 것입니다.
사실 장인어른을 뵙기 며칠 전,
자꾸만 통금을 어기고 귀가가 늦어지는
딸을 캐물어 남자 친구가 있다는
사실을 알게 된 어머님께서
대체 어떤 놈인지 얼굴 한번 보자며
집 앞 카페로 소환을 했던 것입니다.

고등학교 졸업에
낮에는 미용 학원을 다니고 있고
밤에는 술집에서 알바를 하고 있다고 하니
한참 동안 감았던 눈을 뜨신 어머님.
거두절미하고 혹시라도 아버님 만나면
미용한다는 말은 절대 하지 말게!
혹시라도 아버님이 자네 미용한다는
사실을 알게 되면 두 사람의 결혼은
내가 알기로 불가능하다고
입단속을 당부하는 겁니다.

사실 당시만 해도 사회적 통념상
미스터 미용사가 생소하였기에
어른들 인식이
붕알 떨어진다는 직업이라고
천대받던 시대였지요.

하지만 난 어머님의 거듭 만류에도 불구하고
스태프 생활 끝나고 언젠가 나의 살롱을 갖게 되면
충분히 먹고살 수 있다는 자신이 있었기에
곧장 아버님이 계시는 호랑이 굴로 찾아갔습니다.

살점 뜯긴 뼈다귀들이 뒹굴고 있어야 할 자리에
도장과 명패, 유리가 뒹굴고 있는 호랑이 굴.
누구에게도 내가 아버님을 찾아간다고
말한 적 없기에 아마 아버님도
나의 방문을 꿈에도 모르셨을 터.
심호흡을 하고 예법도 몰라 흔한 드링크제 한 병
준비하지 않은 채 무작정 가게 안으로 들어온 난,
호랑이의 매서운 시선을 느낄 수 있었습니다.

어, 그런데 좀 이상합니다.
'어흥' 바람처럼 달려와 한입에 집어삼킬 줄
알았던 아버님의 눈빛이 사르르 풀리더니
첫 일성이 방으로 올라오라는 것이었습니다.
사실 지금까지도 미스터리한 것은
아버님은 대체 내가 누군 줄 알고
방으로 올라오라고 하셨을까요?
난 방으로 올라가기 전 토방 아래
가게 바닥에서 큰절을 올렸고
묻지도 않으셨던 초본을 까기 시작했습니다.

"담양이 고향이며 따님과 교제하고 있는 문흥주!"

라고 실토하니 기가 차서 그러셨는지
엷은 미소를 지으시더니
재차 방으로 올라오라는 겁니다.

아버님 앞에 무릎을 모으고 앉으니
지그시 바라보던 아버님, 대뜸,
"행복하게 해 줘야 한다!" 하시면서
유리로 제작된 명패 하나를 집어 드시는 것입니다.
"봐라! 유리란 것은 아무리 시간이 가고
세월이 흘러도 제 몸이 상하거나 녹도 슬지 않는다.
그런데 말이다.
한눈을 팔고 까딱,
손을 떠나는 날엔 산산이 부서져 버린다.
사랑도 매한가지다.
늘 두 손으로
안아 주고 아껴 주어야 한다."라고 당부하셨습니다.
난 유리처럼 아끼겠다고 약조를 했고
살아서 호랑이 굴을 나올 수 있었습니다.

호랑이의 사위가 된 지 27년.
우리 부부에게도 몇 번의 위기가 있었고
그때마다 아버님과 약속은
물을 가르는 칼날이 되어 주었고
여태 초가집 하나 장만 못 한 채
전전긍긍하는 못난 사위를
잡아먹지 않으시고 목숨을 부지해 주셨다.

아버님,
부자가 되어 꽃가마를 태워 드린다는 약속은
자신할 수 없으나
무슨 일이 있어도
따님 부서지지 않게
두 손으로 안아 드리겠습니다.

사랑합니다. 큰아들(사위) 올림.

김치 스타 〉   리뷰 88 · 평균별점 4.6   ⋮
★ ★ ★ ★ ★

사장님, 저 아시죠?

오늘까지 6일 연속 김치통닭 주문했는데

일반 치킨은 처음에만 먹을 만하지

몇 개 집어 먹고 나면 물리거든요.

그게 튀김의 한계인데

그런데 김치통닭은 뭡니까?

이래도 되는 겁니까?

먹어도 먹어도 안 물리고 끝도 없이 들어갑니다.

담배도 아니고 끊을 수가 없으니 큰일이네요.

사장님, 혹시라도

내일 또 제가 주문을 하게 된다면

꼭 좀 취소 좀 해 주세요.

이러다 돈도 돈이지만 돼지가 될 것 같아서요.ㅋ

이 고객님 다음 날은 쉬고

그다음 날 다시 주문하셨습니다.

제가 적당히 조절해서 주문받기로 했답니다.

김치 스타 > 리뷰 17 · 평균별점 3.5

★ ★ ★ ★ ★

재를 남기는 불보다

흔적도 없이 쓸고 가 버리는 물이

더 무서운 거라고 했는데

다 틀린 것 같습니다.

김치통닭이 지나간 자리가

가장 무서운 것 같습니다.

일반 체인 치킨에 길들여진 울 아드님

김치통닭을 먹어 보더니

혓바닥으로 핥아 먹네요.

박스 빼앗느라 진땀 뺐네요.

박스를 버리다 보니

가루 하나가 남지 않아서 웃었네요.

울 아들, 단골 등록할 것 같아요.

키가 작았던 아버님이
키가 큰 셋째 며느리를 보시더니
흐뭇한 얼굴로 막걸리 한 사발을 들이켰습니다.

"저기 울타리에 껑충 핀 접시꽃 같구나!"

나이도 어린 것들이 말복 날 결혼식까지?
사람들이 묻습니다.

"사고 쳤냐고?"

아니요! 아내는 부끄럽고
난 그 물음에 토를 달아 봐야
믿지도 않을뿐더러
따지자니 방귀 뀐 놈이 성내는 꼴이라….

"맘대로들 생각하세요!"

입을 닫았고
우리는 갖은 추측과 루머 속에
땀띠 나는 결혼식을 올렸습니다.
(참고로 첫째는 결혼 5년 후 품에 안았답니다.
오해들 푸세요.)

뭐가 그리도 다급했는지 만난 지
백 일도 안 돼 식을 올리고 두 사람은
뚝딱뚝딱 못질하고 톱질해서
겉만 번지르르해 보이는 배를 바다에 띄워
호기롭게 항해를 시작했습니다.
백일홍의 이무기가 나타나 우리의 길을 막아도
단칼에 목을 베어 버릴 듯
우리의 사기는 충천하였고 두려움 없는 항해는
그렇게 시작됐습니다.

하지만 우린 잔잔한 바다 멀리
이무기보다 더 무서운
태풍이 다가오고 있음을 알지 못했고
결국 태풍에 뒤집힌 허니문호는
망망대해를 떠도는 유령선 신세로 전락하고 말았습니다.

억울하고 분했으나 난, 뒤처진 만큼
만회해야 한다는 다급한 마음에
손바닥이 패도록 노를 저었고
앙상한 꽃대만 남아 있는 아내를 향해
낙원이 얼마 안 남았으니 조금만 더! 조금만 더!
매정하게 다그쳤습니다.

그렇게 앞서가는 배의 꽁무니를
정신없이 뒤쫓아 가는데
이번엔 집채만 한 너울이 달려와
배를 고꾸라뜨리고 가는 것입니다.
간신히 목숨을 부지한 채
토악질을 내뱉고 있는데….

서쪽 하늘 끝에서
가슴 시리도록 불타오르는 노을이 달려듭니다.

여태 바다를 떠돌았건만 왜,
이제야 저 낙원을 만났을까?
혼자 보기 아까운 그림에
'여보' 부르며 돌아보는데….
부러진 노만 덩그러니 놓여 있을 뿐
어디에도 아내의 모습은 보이지 않는 것입니다.

그제야 저기 석양이 이쁘지 않냐고
수천 번을 불렀던 아내의 젖은 목소리가 들려옵니다.
직장을 잃고 돌아올 때도
사업이 휘청거릴 때도 성내고 피멍을 안겨도

묵묵히 울타리에 접시꽃처럼 서 있던 아내의 모습을
그저 계절이 오면 관성처럼 피어나는
존재로 치부했던 지난날이 뼈에 사무치는데….

'푸하' 숨이 끊어질 듯 토악질하며
수면 위로 아내가 떠오릅니다.
두 손 가득 해삼과 멍게를 가득 안은 채….
한 상 차릴 테니 먹어 보라며 해맑게 웃는 것입니다.

그런 아내를 둔 나에게
사람들이 이구동성으로 말합니다.
사장님은 전생에 무슨 덕을 쌓았길래
저런 각시를 만났냐고….

오늘은 당신이 서 있던 옆자리에
듬직해 보이는 해바라기씨 하나를 심어 봅니다.
당신보다 더 큰 키로 비바람도 막고
시원한 그늘을 주며 더 이상 당신을 휘어 감는
넝쿨이 아닌 석양이 지면 당신의 얼굴 바라보는
해바라기로 살아가겠습니다.

까치 낙서

구독과 좋아요!

아이들과 함께 가지 못하면
대한의 내일은 없습니다.

아이들에게 케이크를 선물하는
'낭만까치케익아저씨TV'
유튜브를 운영 중입니다.

좋아요와 구독 부탁드립니다.

김치 스타 〉 리뷰 1 · 평균별점 5   ⋮
★ ★ ★ ★ ★

리뷰 안 쓰는 사람

처음으로 남깁니다.

배도 고프고 맥주도 한잔할 겸

어플 뒤적거리다

김치통닭 이게 뭐…

에라

리뷰 괜찮아서 주문

출발한다는 문자

늦어서 죄송하다는 문자

죄송할 일도 쌨네

그리고 김치통닭 헐 순살이네

난 순살 별론데

버리려다가 순살이니까 강아지 먹이로

울 강아지 맛나게 먹길래

호기심에 하나 집어 먹는 나

부드럽고 안 느끼

김치전 느낌도 나고

다시 뺏어 와 안주로 폭풍 흡입

강아지 다시 돌려 달라고 펄쩍 뛰고 난리입니다.

요즘 회사에서 스트레스

강아지한테 신경을 못 썼는데

강아지까지 좋아하는 걸 보니 기분이 좋네요.

앞으로 순살 먹을 일 있으면 난 이 집

그리고 사장님 이런 치킨 팔면서

죄송하다는 말 하지 마세요.

리뷰

김치 스타 〉　리뷰 21 · 평균별점 4.6　　⋮
★ ★ ★ ★ ★

가위바위보를 지금까지 네 번 이겼습니다.
이겼으니까 약속대로 김치통닭을
주문하기로 했는데 친구 놈들 막상 주문은
다른 곳에 하는 바람에 여태 못 먹다가
오늘 드디어 김치통닭을 먹게 되었습니다.
아니 이 치킨은
영접이라고 해야 맞을 것 같습니다.
진짜 존맛탱이네요.
전혀 생각지도 못했던 맛이 나네요.
친구들 모두 치킨이 아니라 김치전이라고
담부턴 막걸리 준비해서 먹자고
야단법석이네요.
맛난 치킨 친절한 사장님
다음부턴 고민 없이 무조건 김치통닭입니다.

난 광석형님을 좋아합니다
20대 초입, 고삐풀린 망아지처럼
거리를 활보하고 다녔던
나의 핵존심만 같던 머리에
3미리 바리깡이 침공하던 날
술과 친구로도 닦을 수 없었던
뜨거운 눈물을 말없이.. 광석형님은 닦아주었습니다.

여러분, 광석형님의 목소리는
풍랑을 만나 밤바다를 표류하는
청년이라는 밤배에게..길을 비추는
등대와 같은 음악입니다.

가객..光石

20년 전 학생이 그려준 그림
캠퍼스를 누비던 서른 살의 까치 "니들 닭 안먹냐?"

졸음 쉼터

반장 선거, 바짓바람

★ SINCE 2001 ★

어린이집 다닐 때부터 친구들보다
머리 하나가 더 붙어 있다는 말을 들을 만큼
발육은 물론 늘, 저의 자랑이었던 우리 집 큰딸!
초등학교에 입학하면서 반장을 도맡는 건 물론이요,
고학년에 접어들면서는 아나운서 자리까지 꿰차며
그야말로 가문을 빛내던 아이였는데….

초등학교 대미를 장식할 마지막 반장 선거.
딸의 임명장을 걸 곳을 바라보며 느긋하게 기다리는데
헐, 생각지도 못했던 다크호스가 등장합니다.

서울에서 전학 온 남학생인데
그놈 키도 크고
얼굴도 희고 기생오라비 같은 것이
단숨에 학생들의 인기를 독차지하면서
반장으로 가는 큰딸의 길목을 가로막는
대항마로 떠오른 것입니다.

그래도 그렇지,
들어온 돌이 박힌 돌을 뺀다는 게 쉬운 일은 아니지
하면서 내심,
집토끼의 선택을 기다려 보는데….
알고 보니 그놈의 아버지가 고등학교를
졸업하면서 앙숙 관계로 갈라진
동창생의 아들이었던 것입니다.

한때는 자취방도 함께 쓰는
죽고 못 사는 친구 사이였으나
그놈의 여자 문제로 마음이 상한 뒤론
그놈과 연을 끊고 살아온 것입니다.

그런데 이놈 하는 꼬라지가 가관입니다.
찾아와 사죄를 해도 모자랄 판에
아침마다 학교 건널목에 나가
교통 봉사를 하며
은근슬쩍 반장 표를 모으고 있는 것입니다.
거기다 제수씨가 약국까지 열면서
운영위원회까지 마수를 뻗친 뒤
아들 반장 만들기에 총력전을 펼치는 것입니다.

엊그제는 근처 사는 동창 놈들이
앙숙 친구의 초대를 받아 친구가 운영하는
고깃집에서 나만 쏙 뺀 채 귀향식을 갖고
아이들에겐 용돈까지 쥐여 주며
대놓고 영란법을 어겼다는 것입니다.

난 차마 눈 뜨고 볼 수 없는 그 친구의 작태를
아내에게 꼰지르며 머리를 맞대려 했으나
무슨 애들도 아니고 아이들 선거에 끼어들
생각을 하냐며 친구나 당신이나 수준이
딱! 초등생 같다고 핀잔만 듣고 말았습니다.

다음 날 아침,
골목길에 숨어 신호등을 바라보는데
친구 놈 하는 짓이 날로 가관입니다.
산타도 아닌 것이 호호호 웃음을 흘리며
사탕까지 쥐여 주고
백주 대낮에 선거법을 짓밟고 있는 것입니다.
그날 저녁, 난 꼭꼭 숨겨 놓은 산삼주를 꺼내
큰애와 같은 반이면서 고깃집을 운영하는 친구를 찾아갔고

아이들에겐 치킨을 사 주고,
친구 내외와는 보물 같은
산삼주를 나눠 먹었고 다음 날 아침

친구 제수씨의 조끼를 빌려 입고
교통 봉사는 물론 학교 운영위가 진행하는
독서 캠프까지 참석하면서 딸의 당선을 위해
열나게 교정을 뛰어다녔습니다.
아직도 그때만 생각하면 부끄럽다 못해 땅으로
꺼져 버리고 싶은 심정입니다.

하굣길 교통 봉사!
큰애 반 애들만 골라 킨더조이를 쥐여 주면서
뻔뻔하게 딸의 지지를 호소하였습니다.
그렇게 며칠을 교통 봉사 나가랴
생전 관심도 없던 독서 캠프까지 참석하랴
입에서 단내가 나도록 뛰어다녔고 드디어
반장 선거가 치러지는 결전의 날이 찾아왔습니다.

교문 앞을 어슬렁거리며 투표 결과를 기다리는데
저만치서 웬수 같은 그놈이 번쩍번쩍
할리를 타고 달려와 개폼을 잡으며 멈춰 섭니다.
헬멧을 벗으며 다가오더니

"얌마! 산삼주 같은 거 있으면 나도 불러야제!"

말을 붙이는 것입니다. 난 눈길도 주지 않고

"마! 마! 하지 마라, 마!
썩어 문드러져도 너 줄 산삼은 없다!"

고하였고 이 한마디가 그 친구와 내가
30년 만에 나눈 꼴같잖은 첫 일성이었습니다.
그렇게 배배 꼬며 운동장 시계탑을 바라보는데
수업 끝을 알리는 벨이 울립니다.
가슴을 졸이며 결과를 기다리고 있는데….
재잘거리는 저학년 아이들 뒤로
키가 껑충한 아이들이 모습을 드러내는 것입니다.

그리고 잠시 후, 큰딸 친구로부터
청천벽력과도 같은 이야기를 듣게 되었습니다.
우리 애도 친구 애도 모두 떨어지고
고깃집 친구의 아이가 반장에 당선됐다는 것입니다.
표가 갈린 것입니다.
나중에 알고 보니 우리들 모르게
고깃집 친구 놈 아들도 출마를 하였고
그 친구 또한 아들의 당선을 위해
음지에서 표를 모으고 있었던 것입니다.

아이가 낙선했다는 소리를 듣자 그제야
한 달여간 숨 가쁘게 달려온 나의 꼴이
한심하다는 생각에
누가 볼세라 부랴부랴 도망을 쳤고
얼마나 달렸을까.
어릴 때 물고기 잡고
뛰어놀았던 개천 다리 위에 와서야 멈춰 서는데
친구의 할리가 요란하게 달려와 멈춰 섭니다.
무슨 수작이라도 부릴 양이면 바로 한 대
날릴 태세로 개천을 향해 씩씩거리는데
뜬금없는 소리가 들립니다.

"옛날엔 너랑 친했는데 말이다."
친구가 말을 걸어 옵니다.
"기억 안 나니까 가던 길 가라."
냉소적인 나의 대답에 말문이 막혔는지
뒷걸음치는 친구. 그대로 떠나는가 싶은데….

"홍삼아…."
"……?"
"그땐 미안했다."

이 한마디 들으려고 30년을 기다렸단 말인가?
이제라도 사과를 받았으니 내가 승리한 것이 아닌가?
그런데 기쁘거나 후련하지가 않습니다.
왜 그렇게 내 모습이 못나 보이고 뒤통수가
따가운지…. 그러더니 이어서 들려오는

"사실은 나 위암 때문에 수술받고 고향에 내려왔다."
"……?"
"이제 우리가 살면 얼마나 살겠냐. 수술하고 병실에서 곰곰이 생각
해 보니까 네가 제일 많이 생각 나드라…."

그러면서 부릉~부릉~ 개천 다리를 지나가는 것입니다.
친구의 할리가 떠나자
봇물 터진 듯 눈물이 흘러내리는 것입니다.
아무것도 아닌 일이었습니다.
그저 술 한잔 나누고
털어 버려도 될 일을….
그놈의 자존심이 뭐기에….
그렇게 한참을 가슴을 치는데
개천 아래 물이 차오르고 난데없이 기마전이 시작됩니다.
말을 탄 방금 전 친구 놈이 어서 내려오라며
손을 흔들어 댑니다.

손을 흔드는 그놈한테
쓰윽 눈물을 닦고는 외쳐 봅니다.

"너도 줄게, 산삼주!"

리뷰

 김치 스타 > 리뷰 9 · 평균별점 4.3
★ ★ ★ ★ ★

김치치킨이 있다는 얘기만 들었지
시도해 본 적은 없었는데
얼마 전에 친구 추천으로 처음 먹고
계속 생각나서 같이 먹었던
친구랑 또 시켜 먹었어요.
뭐랄까, 김치전 가장자리 바삭한 부분을
먹는다는 느낌.
치킨과 김치 조합이 이렇게 맞을 수
있다는 게 신기하네요.
암튼 큰일 났습니다.
밤마다 생각이 나네요.
맛있는 치킨 오랫동안 부탁드립니다.

김치 스타 > 　리뷰 16 · 평균별점 3.2
★ ★

조리가 1시간

맛은 평범

다들 입맛들이 형편없으시네요.

맛있으세요?

전 별 둘도 아깝습니다.

기본적인 배달 약속도 안 지키시고

김치맛은 안 나구

닭은 눅눅하구

다신 먹을 일 없을 것 같습니다.

번창하세요.

사장님 이번 달

(술잔을 붙들고) 으미 당장, 쫓아가고 싶네!
난, 진즉 포장 끝내고
배달 기사님 기다렸다니까요!
기사님이 늦게 오시는 걸
주인장 보고 어쩌란 말입니까?
별 둘? 통촉하여 주십쇼!

X-canvas

갓 전역을 한 뒤,
아르바이트를 하며 틈틈이
모은 돈으로 작은 자취방을 얻었습니다.
오전부터 발품을 팔며 살림살이를 준비하는데
전자제품 대리점에서 배송 서비스 아르바이트를 하던
친구가 찾아왔습니다.
이리저리 방을 둘러보더니
마침 센터에 신품과 교환된 중고 티브이가 있다며
여기에 가져다 놓는 게 어떠냐고 묻는 겁니다.

"야, 그거 나오긴 하냐?"

물었더니 친구가 대답합니다.
요즘은 고장 나서 버리는 시대가 아니라
유행에 민감한 고객들이 많아
멀쩡한 가전제품들을 내다 버리는 경우가 많다고 합니다.

그렇게 해서 없을 건 없고 있을 건 다 있는
자취방 생활이 시작됐습니다.
나의 자취방은 매일 친구들의 아지트가 되었고
그 중고 티브이는
VTR과 연결이 되어 휴일의 무료함을 달래 주는
극장이 되어 주었습니다.

자취 시절 만난 사람과 결혼을 하고
큰애가 열 살쯤 되었을 때였습니다.
서울에서 직장 생활을 하느라
얼굴 보기가 힘든 친구가
오랜만에 아이와 함께 집을 찾아왔습니다.
간만의 만남이라 날 새는 줄 모르고 이야기꽃을
피우고 있는데 티브이를 보던 친구가 묻습니다.

혹시 이 테레비 옛날에 그거냐고 묻는 겁니다.
난 "맞다! 그 테레비!" 하였고 그 친구는
여태, 요 테레비가 나오냐며 기가 막혀 하는 겁니다.

밤새 회포를 풀고 다음 날
친구 내외는 서울로 상경하였고
며칠이 지났을까?
전자제품점 직원이라는 사람으로부터
한 통의 전화가 걸려 왔습니다.
티브이가 왔는데 집에 아무도 없다는 겁니다.
난 무슨 봉창 두드리는 소린가 싶어
한달음에 달려와 출처를 물었고
기사는 서울 사시는 백○○께서 보냈다는
사실을 고하는 겁니다.

티브이를 설치하는 기사님이
먹먹하게 서 있는 저에게
X-canvas가 요즘 최신형이고
티브이계의 명작이라는 겁니다.
그러면서 이거 얼마 주고 사셨냐고 묻는 겁니다.
난, 제가 산 것이 아니라 모르겠다고 하면서
문제의 친구에게 전화를 걸어 보는데,
좀처럼 연결이 되지 않고
부재중 신호만 이어지는 겁니다.

큰애도 아내도 거실에 앉아 있는 티브이를 보며
이제야 티브이 볼 맛이 난다고 환호성을 지르는데
늦저녁이 되어서야 친구로부터 전화가 걸려 옵니다.

"테레비 잘 받았냐?"
"야, 테레비 잘 나온디, 큰돈을 썼다냐?"
"아니다. 그거 전시품인데 마침 네가 생각나서 보냈다."
하고 "잘 써라." 하는 것입니다.
그러면서 네가 결혼을 너무 일찍 하는 바람에
변변히 챙겨 준 것도 없었다며
이제야 제수씨한테 면목이 서게 됐다고
직접 아내와 통화까지 하며 너스레를 떠는 겁니다.

아내와 큰딸 말대로
거실은 하루아침에 극장이 되었고
주말이면 콜라와 팝콘까지 등장하면서
우리 가족은 극장 놀이에 빠졌고….
다시 또 10년이라는 세월을 버티며
거실을 지키고 있는 'X-canvas'

지금도 티브이를 켜면
유덕화를 닮은 친구의 얼굴이 화면 가득 떠오릅니다.

좋은 중고차 고르는 법!

핸들 상단에 동전을 올려놓고 시동을 겁니다.
진동에도 동전이 떨어지지 않으면
아직 살아 있는 차.

머플러에 장갑을 끼운 뒤 시동을 겁니다.
장갑이 빠져나오지 않거나 툭 빠져나온다면
출력이 약한 차이니 다른 차 보세요!
출력이 좋은 차는 시동과 함께 '펑!' 빠져나온답니다.

김치 스타 〉 리뷰 30 · 평균별점 3.8
★ ★ ★ ★ ★

벼르고 벼르다가 드디어 먹게 된

김치통닭...!!!

포장해 와서 먹었는데 뜨끈할 때 먹어 봐야 한다며

입에 넣어 주시던 사장님.ㅎㅎㅎ

첫입 먹고 넘 맛있어서 깜짝 놀랐는데

집에 와서 식은 후 먹어도 최고였어요!!

김치가 톡톡 터지면서

느껴지는 맛이 유일무이입니다.

안 먹어 보신 분들은 제가 보증 서겠습니다.

꼭 하루라도 빨리 드셔 보세요.

잘 모르는 사람이 입에 넣어 주는 거

사실 부담스러운데

치킨을 넣어 주시는 모습에서

아빠가 제 입에 꼬마김밥을 넣어 줬던

어린 시절 기억이 떠올라 뭉클하고

따뜻하게 먹을 수 있었습니다.

김치통닭은 평범한 치킨이 아닌 것 같아요.

사장님도 건강하시구 오래오래 번창하세요.

신고합니다! 치질입니다!

1993년 3월 강원도 양구 2사단 간부 전용 취사반의
압력 취사 기계가 고장 났다는
긴급 호출을 받은 적이 있었습니다.
당시 나의 계급은 상병.
나와 부사수를 부른 일직사관은
둘이서 사단에 다녀오라고 하는데….
난 말 못 할(?) 사정이 있어 그러니 부사수와
막내를 보내자고 간청하였고 일직사관은
말 못 할 사정이 대체 뭐냐고 되묻는 것입니다.

난 기어들어 가는 목소리로 치질이 심해져서
엉덩이가 빠질 것 같다고….
그런데 일직사관의 답이 노답입니다.
네가 안 가면 병장인 네 사수를 보낼 것이다.
그러니 다녀오라며 툭! 툭! 엉덩이를 치며
빨리 가서 고치고 보고하라는 것이었습니다.

★ 신고합니다! 치질입니다! ★

설상가상 테스트까지 마치고 아침에 오라는 것입니다.

이 추위에 무슨 개고생이람.
난 일직사관님, 오래오래 사시라고
온갖 저주를 퍼부으며 수리를 마쳤고
테스트를 위해 아침이 오길 기다리는데….
간부 한 분이 고생했다고
치킨과 맥주를 건네는 것입니다.
그러면서 맥주는 넉넉히 있으니까
부족하면 창고에 가서 빼먹으라는 겁니다.

얼마 만에 만난 사제 치킨이던가.
난 치질이 덧날까 싶어
치킨만 먹기로 하고 부사수에게 맥주를 건넸는데
아! 누가 치킨 앞에서 맥주를 참을 수 있단 말인가?
딱 한 잔만 하려고 했던 게
자리를 치우려 하니 빈 병만 자그마치 7병입니다.

그때까진 곧 닥쳐올 고통은 꿈에도 모른 채,
부사수를 향해 아침 지을 때 깨우라고 지시한 뒤
잠자리에 들어가는데 어째 엉덩이가 아려 옵니다.

술기운 때문에 몸은 뜨거워지고 도저히 잠을
이룰 수 없는 고통이 시작된 것입니다.
'그놈의 술!!' 이럴 땐 직빵이 소금물 좌욕이기에
난 수리 중에 데워진 온수를 대야에 담아 주차된
트럭 뒤편 으슥한 곳을 찾아 엉덩이를 내리고
담배 한 개비를 꺼내 물었습니다.

그렇게 엉덩이를 데우고 앉아 있는데
한 송이, 두 송이, 꽃잎처럼 눈이 떨어지기 시작합니다.
눈을 보고 있자니
젠장, 내가 지금 무슨 짓을 하고 있는 건지
서글픔이 밀려와 후욱~
담배 연기를 뱉어 내는데
전방으로 그림자 몇이 다가오더니
담배 냄새를 맡았는지
간부 식당 안으로 들어가려다 말고
담뱃불을 향해 다가오는 게 아닙니까?

'어~ 어~ 이게 아닌데….'

이를 어쩌나 싶다가 대야를 엉덩이에 붙인 채
조금씩 트럭 옆으로 몸을 숨겨 보는데 들려오는

"누구?"

놀랍게도 군대에 들어와 처음 들어 본 여자 목소리입니다.
혼비백산 난 중요 부위를 가린 채
일어나지도 못하고 고개를 수그렸고
잠시 후, 트럭을 포위하며 들려오는

"취사병이니?
간부 보고 인사는 해야지, 도망을 가고 그래?"

난 떨리는 목소리로

"정비 근무대에서 파견 나온 문흥주 상병입니다."

소속을 밝혔고

내 꼬라지를 본 여군 한 분이
악! 소리를 지르며 도망을 치자
그 소리에 놀란 여군 한 분도
자지러지며 도망을 치는 것입니다.
사단본부에 근무하는 여군 장교였던 것입니다.

여군들이 도망을 치자 거짓말처럼 눈보라가
치기 시작했고 얼마 뒤 남자 장교들 두 분이
취사반을 찾아와 대체 뭘 하고 있었냐고
취조하듯 물어 오는 것입니다.
대체 눈이 이렇게 오는데 뭐 하고 있었냐고.
같은 군인으로서 이해한다.
하지만 이상한 짓을 하려면 화장실로 가든지 해야지
사람 다니는 취사반 앞에서 그러면 되냐고
훈계 비슷하게 채근당했고

난 엉덩이를 내리고 다시 문제의 장면을 재연하며
난 여군 장교가 있는 줄도 몰랐고
여군 장교를 성희롱할 생각은 추호도 없었다고
거듭 항변하며, 억울했지만….
어쨌든 용서를 빌었습니다.

일생일대 흑역사가 되어 버린 나의 얼음 왕국.
그날 밤 엘사 장교님들, 이 글 보시면 꼭!
오해들 풀어 주세요.

김치 스타 › 리뷰 45 · 평균별점 4
★ ★ ★ ★ ★

역시 김치통닭은 말해 뭐 해요.
멍멍멍멍멍멍멍멍멍멍멍멍
멍멍멍멍멍멍멍멍멍멍멍멍
멍멍멍멍멍멍멍멍멍멍멍멍
멍멍멍멍멍멍멍멍멍멍멍멍
멍멍멍멍멍멍멍멍멍멍멍멍
멍멍멍멍멍멍멍멍멍멍멍멍

사장님 이번 달
맛있으면 짖는 개님, 멍멍멍!
그거 아세요?
오랜만에 고향 집에 갔을 때
마당을 달려와 절 반겨 주던 검둥이!
멍멍님의 리뷰에서
그 옛날 꼬리를 흔들며
고향 집 마당을 누비던
검둥이의 모습을 봅니다.
오늘 보내 주신 별들,
가슴에 담아 꼭 기억하겠습니다.

김치 스타 〉   리뷰 23 · 평균별점 4.1   ⋮
★ ★ ★ ★ ★

아이를 임신한 와이프가

학교 다닐 때 먹었던 치킨이 먹고 잡다고

김치통닭 노랠 부릅니다.

어쩌겠습니까?

본인이 아닌 아이가 먹고 싶은 거라고 하는데

멀어서 배달이 힘들다고 하길래

포장 주문을 하고 가게를 찾아갔습니다.

통닭을 찾아 아내가 있는 집으로

룰루랄라 달려가는데….

큰일입니다.

맛만 보겠다고 하나씩 손을 댔던 게

도착하니 여섯 조각만 남았드라구요.

접시에 예쁘게 담아 내놓고

이실직고했더니 다음엔 1인 1닭 하자면서 웃습니다.

우리 가족 그리고 배 속의 아이까지 웃게 하는

행복 치킨입니다.

호랑이가 물어다 준 구두

송사 후유증에 시달리다 보니 나름 멋쟁이라 생각했던
저부터 허리띠를 졸라맸던 시절이 있었습니다.
그렇게 빚 갚느라 다람쥐 쳇바퀴처럼 지내던 어느 날,
우르르 무리의 학생들이 몰려와 야구장에 간다며
치킨 포장을 해 달라는 겁니다.
"야, 니들 부럽다."
따라가고 싶은 마음 꾸욱 누르며
배달 나가고 홀 손님 받고 정신없이 뛰어다니는데
이게 웬일입니까?
중계 화면에 웃통을 벗고 발광하는 무리의
남자 관중들이 떠오르는 겁니다.
전 어쩐지 낯이 익어 티브이 가까이 다가가
화면을 살폈고 곧 눈을 의심하는 광경에 펄쩍 뛰며
주방에 있는 아내에게 인기가 티브이에 나오니
어서 나와 보라며 호들갑을 떨었지요.

이후로도 학생들 모습은 몇 차례 더 화면에 떴고
열광적인 학생들의 응원 덕분인지 다행히 타이거즈는
승리로 경기를 마칠 수 있었답니다.
전 간만에 좋은 구경 했다고 실실거리며
저녁 장사를 이어 가는데 요란하게 문이 열리더니
얼마나 술을 먹었는지 얼근해진 얼굴로
문제의 학생들이 들이닥치는 겁니다.
"야, 니들은 야구장에 술 먹으러 갔냐?"

물으니 "일동 차렷!" 조교 출신 학생이 구령을
붙이더니 학생들 일제히 차렷과 함께 부동자세를
취하는 겁니다. 야구장에서부터 여기까지 군가를
부르며 구보를 했다고 요란을 떨던 조교 학생이
날카롭게 눈을 뜨더니 학생들을 매섭게 노려보는 겁니다.

손님들이 신기한 얼굴로 학생들을 지켜보는 가운데
저도 학생의 힘에 못 이겨 그들이 지정하는
자리에 부동 차렷을 하였습니다.

조교 학생: 지금부터 평소 통닭집 사장님 가운데 가장 잘생겼고 공짜 술도 많이 주신 사장님의 노고를 치하하는 의미로 응원상으로 받은 구두 티켓을 증정하는 식을 거행하겠습니다.

그러자 최연장자인 인기가 나오더니
"응원상으로 받은 상품권입니다."
오다가다 보니 사장님 신발이
많이 낡은 것 같고 마침 구두 상품권이라
상품권은 사장님께 드리기로 결의를 했다며
상품권을 저에게 내미는 겁니다.
손님들은 박수를 치며 환호했고
전, 상품권을 들고
가게를 뛰어다니기 시작했습니다.

얼마나 학생들이 고맙고 기특해 보였는지
그날 밤 공짜 술을 끝없이 내놓았고
학생들과 전 밤을 불태웠답니다.
며칠 후 상품권을 들고 백화점을 찾아간 난
직원으로부터 상품권 안내를 받고 혀를 내둘렀지요.

10만 원 상품권에서 2만 원 정도 수수료를 제외한다는
청천벽력 같은 안내와 그날 학생들이 먹은 술이
어림잡아 10만 원은 훌쩍 넘었던 것 같구요.
구둣값을 내고 나오는 아내가 배보다 배꼽이 크다구
한숨을 쉬드라구요.

셈으로만 하면 천부당만부당 맞는 이야기지만
얘들아! 그거 아니?
사장님은 그날 이후 그 구두
지금까지도 단 한 번도 벗어 본 적이 없다.
그때 그 구두보다 편하고 따뜻하고 포근한
구두는 여태 보지도 신어 보지도 못했어!
인기야, 용진아, 종유야, 경식아, 왕신아, 원형아, 시정아!
언제 함 다시, 야구장에 모여 미친 척을 해 버릴까나!

김치 스타 ＞   리뷰 11 · 평균별점 4.2   ⋮
★ ★ ★ ★ ★

그녀와 1년 조금 넘게 사귀었습니다.

그녀의 직장은 청주

전 광주

주말을 이용해 그녀가 내려오거나

제가 올라가서 오붓한 시간을 보내곤 했지요.

그리고 우리 사이엔 늘 김치통닭이 있었구요.

맛있다 맛있다 감탄하며 먹는 모습이

정말 예뻤구요.

그런데 얼마 전 다투는 바람에

한 달째 목소리도

못 들었습니다.

잠도 못 자고 밥 먹는 것도 일하는 것도

만사가 귀찮다 싶은데

전대 갔다 오는 길에 여자 친구와 함께 갔던

까치통닭으로 들어갔습니다.

사장님 저를 보시더니 주말인데 짝은?

물으시는 겁니다.

전 그간의 사정 이야기를 드렸고 사장님은

두 사람 잘 어울리던데 하시면서

진짜 좋아하면 놓치지 말라 하시면서

김치통닭을 사서 청주로 찾아가 보라는 것입니다.

사장님 말씀대로 김치통닭을 사 들고

청주에 다녀왔습니다.

김치통닭을 들고 문 앞에 서 있는 절 보고는

통닭만 주고 돌아가라는 겁니다.

그리고는 예전처럼 웃어 주었습니다.

아 김치통닭이 절 살렸습니다.

여러분 김치통닭은 사랑입니다.

마구마구 사 드세요.

사장님, 별 백 개라도 드리고 싶습니다.

맨발의 삼례 씨

국민학교 4학년 때 운동회.

당시 운동회는 재학 중인 학생뿐만 아니라

주변 마을이 들썩거리는 잔칫날이기도 했습니다.

학생들이 참가하는 종목이 대종을 이루나

구미가 당기는 상품을 걸어 놓고 학부모들의 참가를

유도하는, 주민들을 위한 종목도 준비가 되어 있었답니다.

그해 학부모들을 모시고 펼쳐지는 종목엔 엄마들만

출전하도록 제한을 두었고 1등 상품엔 고가의 운동화가

등장하였기에 참가하고자 하는 엄마들이 앞다투어

모여들었고 학교 측은 서로 달리겠다고 아우성인

엄마들을 모아 예선을 치르게 되었고

결승 진출자들을 선발하게 되었답니다.

울 엄마는 압도적인 페이스로 결승에 진출하였고
점심을 마친 엄마들은
본부석 선반에 놓여 있는 운동화를
이글이글 노려보며 전의를 불태우는 것이었습니다.

경주 방식은 머리에 물 항아리를 이고
결승선까지 달리는 경주였기에
울 엄마도 밤마다 물 항아리를 이고 마당을
뛰어다니며 반드시 운동화를 획득하여 막내의 품에
안겨 주고 말겠다는 신념에 불타오르셨고
밤마다 땀방울을 흘리며 마당을 누비는
엄마를 지켜보시던 아버진
뻐끔뻐끔 담배를 태우시곤 방으로 들어가
손수 이부자리를 펴시는 것이었습니다.
엄마가 누울 잠자리까지 봐주셨다는 건
아버지도 막내의 발에 신길 운동화를 꽤,
탐을 내셨다는 거지요.

출발선에 선 엄마들.
콧김을 '푹푹' 내뿜으며

곧 울릴 출발 총성에 촉각을 곤두세우는데….
대뜸, 항아리를 머리에 인 울 엄마는
신고 있던 고무신을 벗어 버리는 겁니다.
맨발로 총성을 기다리던 엄니의 얼굴 위로 마침내
탕! 총성이 울렸고 일제히 뛰어나가는 아주머니들을
따라 맨발의 엄마도 뛰어나가는데 그때였습니다.

의욕이 넘치셨는지 발이 꼬이면서 크게 휘청거렸고
그 바람에 출렁!
항아리 속에 들어 있던 물이 쏟아져 나온 것입니다.
물을 뒤집어쓴 엄마는 아랑곳하지 않고
하나둘 앞서가는 주자들을 추월해 가기 시작하였습니다.
엄마가 치고 나가자 우리 마을 학생과 주민들의 함성이
교정을 흔들었고 결국 결승점을 가장 먼저 통과하신
엄마는 곧장 운동화가 놓여 있는 본부석으로 달려가
운동화를 달라고 포효하시는 것입니다.

아깝게 1등을 놓친 주자들이
울상이 된 얼굴로 엄마를 보며
땅을 치기 시작하는데….

선생님 몇 분이 머리를 맞대더니
항아리 속에 물을 체크하는 것이 아닙니까?
항아리 속을 살피던 선생님들.
물을 많이 쏟아 낸 엄마를 2등으로….
2등으로 들어오신 주자를 1등으로
순위를 바꿔 버린 겁니다.
순위가 뒤바뀌는 바람에 운동화를 놓친 엄마는
이런 법이 세상천지에 어디 있냐며
본부석 앞에 드러누우셨고
운동화를 받은 1등 엄마는
행여라도 선생님들 마음이 바뀔까
운동화를 품에 안고 꽁무니가
빠지게 줄행랑을 치신 것입니다.

아주머니를 쫓아가시려던 삼례 씨를
마을 엄마들이 막아섰고
결국 2등 상품으로 받은 양은 냄비를 들고
터벅터벅 교문을 나서셨고
한동안 말없이 걸어가던 삼례 씨….
걸음을 멈추시더니 나와 막내를 돌아보시는 겁니다.

그리고 다가와서는 막내를 끌어안고
펑펑 우시는 것이었습니다.

형편이 안 돼 어떻게든 운동화를 신겨 주고 싶었던
마음이셨을 텐데,
지금 생각하니 마음이 미어집니다.
집까지 십리 길.
가시는 내내 상품으로 받은 양은 냄비
속으로 눈물을 가득 채우셨던 울 엄마.
자식들을 위해 엄마라는 살덩이를 남김없이 불태우고
떠나가신 울 엄마.
자식 키우는 대회 나가셨으면 엄마는
세계 1등이었을 거야!
이제 셋째의 나이 오십이 넘었건만
아직도 난 마루에 앉아 엄마를 부르는 「섬집 아기」만 같아.
엄마, 혹시 하늘에서 놀랄지도 모르겠지만
난 백 번이고 천 번이고 다시 태어나도 엄마 아들 하려고!
그러니 다시 만나는 그날까지 무릎도 머리도 폐렴도
걸리지 말고 건강하셔야 해!

구 삼 례 지묘

1933.5.17~2022.10.11

다시 삶이어도 엄마의 자식이렵니다

맨발의 삼례 씨, 사랑했어요!

김치 스타 〉 리뷰 3 · 평균별점 4.6

★ ★ ★ ★ ★

01학번 공대 응화공 쌍둥이입니다.

참으로 긴 터널을 걸어온 것 같습니다.

동생 교통사고로 잃고 방황하느라

몇 년을 폐인처럼 지냈습니다.

까치통닭 사라진 줄 알았는데 우연히

길을 걷다가 올라오라고 손을 흔들어 대는

까치통닭 바람 간판을 보았습니다.

반가운 마음에 들어갈까도 했는데 왜 이렇게 늦었냐는

소리 들을까 봐 이렇게 주문해서 먹습니다.

동생하고 일주일이면 세 번 이상은 갔던 거 같네요.

광석 형님 노래와 김치통닭 좋았는데

저도 그렇지만 동생도 김치통닭 엄청 좋아했잖아요.

이렇게 혼자 김치통닭을 먹고 있으니

괜시리 서럽기도 하고 눈물이 나네요.

사장님, 우리 옆집 가게 손님들하고 싸움 났을 때

싸움 말리느라 고생도 하셨는데….

보고 싶네여. 잘 지내시죠?

좋은 모습으로 찾아뵙겠습니다.

문 앞에 화장지 두고 왔습니다.

부자 되시구요. 김치통닭 여전히 맛있네요.

4번 테이블.
이 자리는 슈퍼스타 장범준이
머물다 간 자리입니다.

영광스럽게도 제가 슈퍼스타와
대화를 나누기도 했던 자리이기도 하구요.

사장님: 학교는 어디로 가기로 했니?

장범준: 예, 대전에 있는 실용음악과 쪽으로 가려구요.

사장님: 오, 노래 잘해? 아님 작곡?

장범준: 조금씩이요. 더 배워 보고 싶어서요.

사장님: 오, 나중에 혹시 군대 가게 되면 들러.
우리 집 송별회 전문 술집이니까.

장범준: 예, 꼭 오겠습니다.

그렇게 사진 한 장 못 찍고 헤어졌는데
세상에, 얼마 지나지 않아 「슈퍼스타K」에
혜성처럼 장범준이 등장하는 게 아니겠습니까.

그리고 파이널 무대까지 올라가면서 장범준의 이름은
하루아침에 빛나는 다이아몬드가 되었구요.

이후 수많은 히트곡을 내면서 대한민국
스타 싱어로 자리매김하게 됐는데….
저는 고발을 적극 검토 중입니다.
군대 가기 전 한 번 들르겠다고 했는데
약속이 여태 미뤄지고 있어
그래서 스타 장범준을 고발하려고 합니다.
사실은 배가 아픈 것도 있고요.ㅎ

범준 가수, 앞으로도 국민 위로하는 좋은 노래
많이 부르시고 꼭 김치통닭 드시러 오시길….

고래 사냥, 갈매기의 눈물

언젠가 '갈매기의 눈물'이라는 이야기를 만들어 보겠다고
목포항을 떠돌았던 시절이 있었습니다.
취재 요청을 하다가 만났던 세 분의 형님들….

한때, 빛나는 날개를 달고 바다를 나는 갈매기를
꿈꿨지만 각자 세속의 풍파에 날개가 꺾인 채
고향에 내려오게 됐다고, 그러면서
우석이 형님의 선친께서 동생에게 남긴 배를
빌려 와 바다로 떠나게 됐다는 이야기를 하는 것입니다.

건조업자로 위장한 꽃뱀 일당에게 배를 날린
비운의 바지 선장. 장장 50년 선원 생활을 마친 뒤,
모아놓은 돈 거개를 자식놈 사업 자금으로 밀어준 뒤,
자식 놈과 의절했다는 박씨 할아버지.

그리고 말도 안 통하는 동남아 신출, 선원들을
승선시킨 뒤, 출항 준비를 마치게 되는데
해경과 형님들께 취재 허락을 받은 나도
풍어의 꿈을 싫은 광명호와 동행하기로 하였습니다.

새벽 항, 우석이 형님의 형수와 어머님이 나와
큰아들의 무사 귀환을 빌며 망 줄을 풀어내자
힘찬 뱃고동을 울리며 부두를 떠나온 광명호.

한참을 달려 도착한 곳은
북방 한계선 EEZ라는 곳이었습니다.
허리가 굽은 박씨 할아버지가 갑판에 용왕님께 드릴
밥상을 차리시더니 다들 큰절을 올리라는 것입니다.

출렁이는 파도 위로 흰 쌀밥을 뿌리며 고수레를 마친
할아버지. 천문을 읽어 내듯 바람과 구름을 물끄러미
살피시더니 선실로 들어가 날짜와 어획량 그리고
투망을 친 장소가 기록된 낡은 노트를 가져와
우석이 형에게 내밉니다.
그리고 바로 이곳이 실패한 적 없는 명당이라며
빨리 그물을 내리자고 하는데….

실제 어군 탐지기 모니터 위에도 색색의 그래프가
울긋불긋 군락을 이루고 있는 것이 할아버지의
예언이 적중하는 듯 보이는 것입니다.

선원들 모두 어창을 가득 채워 내는 꿈을 꾸며
투망을 치는데 끝도 없는 투망들이 무시무시한
속도로 바다로 쏟아져 들어가자 담뱃불을 붙이던
할아버지. 긴장된 얼굴로 그물에 달린 짱돌을
조심하라며 신신당부를 합니다.

그렇게 투망 작업이 끝나고 새벽 다섯 시가 넘어서야
녹초가 된 선원들을 따라 난생처음 선실에
들어가 눈을 붙일 수 있었습니다.

얼마나 잠이 들었을까? 벼락 치듯 기상 벨이 울리고
주섬주섬 옷을 챙기시는 할아버지.
빨리 양망하러 가자며 선원들을 깨우는 것입니다.
다들 좀비처럼 일어나 갑바를 걸치더니 열외 없이
담뱃불을 붙이고는 양망 작업을 시작하는 것입니다.

담배를 물고 있는 선원들을 보며 어쩌면 담배와 마도로스는
떼려야 뗄 수 없는 숙명인 듯 보였습니다.

형님들과 선원들은 마른침을 삼키며 양망기에
끌어 올려지는 그물을 바라보는데
어째 분위기가 심상치가 않습니다.
아무리 기다려도 치어뿐이고 좀처럼
씨알이 굵은 조구의 모습이 보이지 않는 것입니다.

풍어는커녕 갈매기의 주전부리만 건져 올린 선원들.
다들 침통한 얼굴로 뻐끔뻐끔 담배 연기를 쏟아 내는데
바지 선장, 착잡한 표정을 짓더니
박씨 할아버지가 기억하는 투망지를 향해
서둘러 뱃머리를 돌리는 것입니다.

추위와 뱃멀미, 거기다 사기까지 꺾인 선원들을 보며
갑판에 서 있는데 성국이 형님이 할아버지를 성토하며
투덜거립니다.

"어르신, 그 족보만 있으면
어창을 꽉 채운다고 허지 않으셨어라?"

필터를 태우는 건지 담배를 태우는 건지 짜리몽땅해진
담배를 폐부 깊숙이 빨아 댄 할아버지는 말없이
후욱~ 담배 연기를 쏟아 내십니다.

다음 어장에 도착한 광명호.
다시 투망 작업이 시작되고 할아버지, 투망 근처를
어슬렁거리는 날 보시더니 걸리적거리지 말고 뒤로
물러나 있으라며 나에게 불똥을 던지는 것이 아닙니까….

한강에서 뺨 맞더니 괜히 나에게 화풀이하시는
박씨 할아버지. 그래도 직성이 안 풀렸는지
형님들을 향해 투망에 걸려 바다에 빠져 물괴기 밥 된
놈들 여럿 봤으니 조심하라고 대노하는 것입니다.

멀찌감치 떨어져 분주하게 움직이는 선원들의
작업 모습을 사진에 담으며 바다로 쓸려 가는
그물을 바라보는데 빨려 들어가는 속도가
할아버지 말씀대로 그물코에 걸리는 날엔 그날이
황천길 가는 날임이 틀림없어 보였습니다.

해풍과 얼음장보다도 차가운 바닷물을 맞아 보니
그제야 겨울 바다엔 낭만 따윈 없고 추위와
멀미만 있다는 사실을 새삼 뼈저리게 알게 되었습니다.

투망 작업이 끝나자 성국이 형님이
냄비에 물을 채웁니다.
투망에서 포획한 꽃게 몇 마리를 넣고
라면을 끓이기 시작하는 것입니다.
본래 제가 물 밖으로 나온 것들을 즐겨하지 않기에
그저 몸이나 녹일 심산으로 라면 국물을 떠먹는데
헐, 이렇게 깊고 달달한 라면은 난생처음입니다.

쏟아지는 물보라를 보며 다들 꽃게 라면 국물에
소주도 한잔씩 곁들이는데 식사를 마친 선원들,
소화시킬 틈도 없이 선실에 들어가 곯아떨어지는 것입니다.

늦바람이 무섭다고 누가 그랬습니까?
꽃게 라면의 풍미에 빠져 난 형님들과 늦은 시간까지
꽃게 담화를 이어 갔고 형님들의 소싯적 이야기를
담기 위해 토하고 마시며 뭔가 특종이 나오지 않을까
귀를 쫑긋 세웠습니다.

우석이 형님은 굴지의 수도권 대학을 졸업한 뒤
주식의 꽃이라 불리는 애널리스트로 근무했는데
어쩌다 고객들 돈까지 날리면서 하루아침에
직장도 잃고 상거지꼴이 됐다는 것입니다.

그리고 형님분들 중에 풍채도 좋고 얼굴도 가장
핸섬한 덕규 형님은 쌍용 자동차를 다녔고 사측과
으쌰으쌰 하다가 잘린 뒤 알코올 병동까지
다녀왔다는 겁니다. 아, 티브이에서만 듣던 쌍용!
이야기구나 했습지요.

체구가 작은 성국이 형님은 중국집을 운영하다
베트남 아가씨를 만나 늦장가를 들었지만 통장과
임신까지 한 아내가 연기처럼 사라지면서
자신의 인생도 그 길로 종을 쳤다는 것입니다.
그런데 이상한 건 웬수만 같았던 아내가
갈수록 보고 싶다는 것입니다.

한숟 더 떠 어창을 가득 채워 배 속의 아이가 입을
옷까지 사 보내고 싶다는 것입니다.
말이 끝나기 무섭게 정신 차리라며 덕규 형님의 꿀밤이
성국이 형님 머리로 날아듭니다.
꿀밤을 먹은 성국이 형님. 그래도 뭐가 그리 좋은지
아기 이름을 '바다'로 지었다며 헤~ 입을 벌립니다.
아기 이름 끝에 성국 형님의 눈매가 붉어지는 것 같은데
퍽, 갑판 위로 파도가 튀어 오릅니다.
그러자 덕규 형님이 '허허' 헛기침을 내뱉고는
우석이 형님의 그릇에 술을 따르며
끌끌 혀를 차는 것입니다.

"작가 동상! 공동묘지와 뱃사람치고
핑계 없는 사람 없다네."

하시면서 우석이 형을 가리키는 것입니다.

"요놈 봐라! 유명 대학을 나오고도 배를 타는 놈이
시상 천지 어디 있냐고?" 면박을 주는 겁니다.

그렇게 모두 키득거리는데
소주를 쭈욱 비운 우석이 형님.

"출항 나온 경비가 천오백!
이 돈 못 벌면 네 말대로
이곳이 바로 공동묘지가 될 것이다!"

머리털 쭈뼛 서는 선언을 하시는 것입니다.
무덤이라는 말에 형님들, 오금이 저렸는지
웃음기 가신 얼굴로 두 분 모두 담뱃불을 붙입니다.
형님들의 딱한 사정을 듣게 된 난 무슨 일이든
힘껏 돕겠다고 마음을 먹고
형님들의 술잔을 채워 드렸습니다.

다음 날, 펜과 수첩을 내려놓고 허드렛일을 도우며
이리 뛰고 저리 뛰고 하는데 뱃일이라는 게 객기나
의욕만으로 되는 일이 아니었습니다.
온종일 토하고 추위에 떨고 또 토하는 시간이 이어졌고
일을 돕기는커녕 이리저리 치이고 뒹굴며
민폐만 끼치고 말았습니다.

학수고대했던 양망기가 돕니다.
모처럼 씨알이 굵은 조기들이 걸려들어 오기에
선원들도 나도 한껏 고무되는데 이번엔 투망이 문제입니다.
밤새 누구의 짓인지 중간에 투망이 찢어져 유실된 것입니다.

다들 찢긴 투망을 보며 탄식하는데 할아버지 말씀으론
쌍타망을 몰고 다니는 중국 배 짱꼴라들 짓이라고 합니다.
나중에 들은 이야기로는 우리 해경도 쉽게 제압하지
못하는 중국의 해적 선원들이라는 것입니다.

그나마 남아 있는 그물을 꿰고 수선하여
다시 또 투망을 치고 양망 작업을 시작하는데
참으로 어처구니가 없는 것은 다시 그 자리에
투망을 쳤음에도 이번엔 고기 한 마리
보이지 않는 것입니다.

그렇게 바다를 떠돌며 투망을 치길 수차례
조구는 몇 상자 채우지도 못한 채,
기름마저 떨어져 가고 있었습니다.
그런 뱃사람들의 절박한 사정을 비웃기라도 하듯
송아지만 한 셰퍼드를 앞세운
중국 배가 파도를 가르며 다가오는 것입니다.

짐작은 가지만 물증이 없어 울화가 치민 성국이 형님.
"꺼져라! 짱꼴라!"
손가락질하며 한마디 내뱉는데 한국말을 알아듣기라도
했는지 중국 배, 난데없이 빈 병과 짱돌을 투척하고는
유유히 가 버립니다.

할아버지 말로는 예전부터
이런 경우가 비일비재했다는 것입니다.
신고를 해 봐야 금세 도망쳤다가
경계가 느슨해지면 다시 또 나타나
도적질을 한다는 것입니다.

깨진 빈 병들을 치우고
다시 황금 어장을 찾아가는 광명호.
운전 중인 바지 사장은
돌아갈 기름만 아슬아슬 남았으니
이쯤에서 마지막 투망을 친 뒤
양망하자며 의견을 내놓습니다.

더 이상 선택의 여지가 없기에 박씨 할아버지는
다시 한번 용왕님께 드릴 밥을 차리고 "풍어 주십사!"
애걸복걸하는데 의욕 넘치던 출항 때 모습과는 달리
선원들, 지친 얼굴로 풀려나가는 투망을 넋 없이
바라보는 것입니다.

잠자리에 누웠는데 또 토해 낼 것이 있는지
속이 울렁거립니다.
입을 틀어막은 채 선실 밖으로 튀어나와
고기밥을 주고 있는데
덕규 형님의 목소리가 들립니다.

"손이 시려워, 꽁! 발이 시려워, 꽁!
해고 바람 때문에~
어디서 이 바람은 시작됐는지~
산 너머인지 사장님인지
너무너무 얄미워…."

기침 소리를 뱉으며 사장님이 얄밉다고 넋두리하는
덕규 형님 목소리. 그러다 문득, 잠잠해서 갑판 쪽을
내다보는데 헐, 물보라에 눈발까지 치는 갑판 끝에
위태롭게 서 있는 형님들.
어깨동무를 하더니 노래를 부르기 시작합니다.

"푸른 물결 춤추고~~
어머님은 된장국 끓여 밥상 위에 올려놓고
고기 잡는~ 아버지를 밤새워~~ 기다리신다!"

그저 찡한 마음에 말없이 지켜보는데
물보라를 뒤집어쓰는 우석이 형님.
그러다 별안간, "은미야! 아빠가 미안해!"
아이의 이름을 부르며 바닷속으로 뛰어들려는 것입니다.
그런 우석이 형님을 까무러치며 붙잡는 형님들.

"이대로는 못 돌아가!
무슨 낯으로 가족들을 본다는 말이냐!"

선뜻, 끼어들 자리가 아닌 것 같아
그저 먹먹하게 지켜보고 있는데
형님들의 실랑이가 계속해서 이어집니다.

"놔! 놓으라고! 이대로 돌아갈 바엔 죽는 게 나아!"

허리춤을 잡은 성국이 형님이 나섭니다.

"야! 죽을 때 죽더라도 투망은 걷어 보고 죽잔께!"

그렇게 몸부림치는데 '쿵'
암초라도 부딪힌 듯 광명호가 한차례 휘청거립니다.
갑판 위로 고꾸라진 형님들. 죽을 뻔했다고
개콘을 연출하는데 주무시고 계시던 박씨 할아버지까지
선실 밖으로 나와 무슨 일이냐고 묻는 것입니다.

다들 배를 살핀 뒤,
뜬 눈으로 날이 밝기를 기다리는데
어슴푸레 동이 터 옵니다.
선원들, 다시 한번 배 주변을
돌며 '쿵' 소리의 원인을 찾아보는데
암초는 물론 파손된 흔적도 보이지 않기에
다시 양망 작업을 시작하는데….

'참으로 신도 가혹하시지!'
이번 양망도 날이 샌 것인가?

한참이 지나도 빈 그물만 끌어 올리고 있는데
돌아본 우석이 형님의 입에선 애꿎은 담뱃불만
바닷바람에 타들어 가고 있었습니다.

선원들 모두가 싸늘한 표정으로 투망을 채고 있는데
그때였습니다. 투망이 팽팽해지는가 싶더니
잘 돌아가던 양망기가 멈춰 버립니다.
무슨 일인가 싶어 선원들,

일제히 끌려오는 투망 쪽을 바라보는데 키가 껑충한
이반이라는 동남아 선원이 투망 쪽을 가리키며
'꼬래꼬래' 소리를 지르는 것입니다.
나와 형님들 이반이 가르치는 곳을 바라보는데….

뭔가 시커먼 물체가 파도에 넘실거리며 떠 있는 것입니다.
모두들 "저게 뭐꼬?" 하는데
브리지 밖으로 튀어나온 바지 선장이

"로또다! 로또!"

소리를 치는 것입니다.
그러면서 저렇게 큰 고래는
바다 생활을 하는 동안 한 번도 못 봤고
크기로 보아 얼추,
일억은 거뜬히 넘어갈 거라고 하십니다.

그리고 다시 브리지(조타실)로 들어가더니
풍어 때 트는 음악이라며
뜬금없이 「아파트」 노래를 트는 것입니다.
바다 한복판을 달리는 광명호.
선원들 모두가 덩실덩실 어깨춤을 추며
「아파트」를 떼창을 하는 것입니다.

목소리를 높이던 성국이 형님이
바지 선장에게 다가가 묻습니다.

"성님! 참말로 일억이 나간단 말이오?"
"그래야! 그 작년인가 저것보다 한참이나 작은 고래가
칠천을 받았다니까!"

성국이 형님 우석이 형에게 달려가
뽀뽀하고 얼싸안으면서….

"내 친구, 우석이 살았다! 살았어! 억이란다! 억!"

모두들 고래 몸에 흠집이라도 날까 혼신을 다해
투망을 당기는데 가까이 다가온 고래를 바라보던
바지 선장이 다시 한번 웃돈을 얹습니다.

"이천 더!!!"

그렇게 고래와 광명호의 세기의 조우가 시작되는 순간,
'컹! 컹!' 일각으로부터 개 짖는 소리가 들려옵니다.
후방 어디쯤인가 싶은데
배 한 척이 맹렬하게 다가오는 것입니다.
그런데 자세히 보니 그 배는 한국 어선이 아닌
쌍타망이라 불리는 중국 배였습니다.

기겁한 할아버지, 고래 몸통에 걸려 있는 투망에
망줄을 묶기 시작합니다. 그러면서,

"빨리 신고하거라! 이러다 고래 빼앗기게 생겼다."

모두가 나서 고래를 붙들고 오라이(매듭)를 쳐 내느라
야단법석을 떠는데 그사이 거리를 좁혀 온
쌍타망의 선원들, 고래를 향해 휘파람을 불기 시작합니다.

형님들은 절대 고래는 뺏길 순 없다고 갈고리를 들고
맞서 싸울 태세를 갖추는데 망줄을 묶던 할아버지가
다시 한번 악을 지릅니다.

"고 해! 고 해!
어서 조업하는 우리 배 쪽으로 내빼거라!!"

갑판을 어슬렁거리던 갈매기들조차
할아버지의 목소리에 놀라
푸드덕 브리지 지붕 위로 올라앉습니다.

* 나중에야 알게 된 이야기지만 본디
EEZ라는 구역이 자원 개발권을
우리나라가 가지고 있다는 것입니다.
참 나…. 우리나라 땅에서 우리나라 배가 도망쳐야
한다는 게 지금도 생각하면 웃픈 현실이었습니다.

광명호가 속도를 올리자 붕~
고래 사체가 온전히 떠오릅니다.
추격해 오는 쌍타망. 셰퍼드의 아가리가 고래를
물어뜯을 듯 발치까지 다가와 짖어 대고 나와 선원들은
양손에 짱돌을 든 채 쌍타망과 맞설 준비에 돌입하였습니다.

쌍타망과 고래를 번갈아 보던 우석이 형님.
중국 선원들이 망줄을 끊으려 하자
"이 고래는 은미 거다!" 악을 지르면서 대뜸,
손에 든 갈고리를 내려놓고는
고래를 끌고 가는 망줄 위로 뛰어내려 버리는 것입니다.

배와 연결된 망줄을 끊지 못하도록
온몸으로 막아 내는 것입니다.

물보라에 치이면서도 딸을 부르는 모습에
일순간 저도 큰아이 얼굴이 떠올라 어떻게든 고래를
지켜 드리고 싶은 생각에 주먹을 불끈 쥐어 보는데….

"우석아!"

성국이 형님과 덕규 형님이 물살에 치이는
우석이 형님을 보며 울부짖기 시작합니다.
그러거나 말거나 쌍타망의 선원들,
'찡위! 찡위!' 소리를 지르며 달려와 광명호와 바짝
배를 붙이면서 낫이 부착된 삿갓대를 흔들어 망줄을
끊으려 하는데….

망줄에 매달린 채 온몸으로 저항하는 형님들 때문인지
쉽게 고래를 빼앗아 가지 못한 채 애를 먹고 있는데
그 순간, 사이렌 소리가 들려옵니다.
선수 방향으로 시선을 돌리니 해경 단속반이 승선한
고속 단정이 앞서 오고 그 뒤를 해경의 배가 태극기를
펄럭이며 달려오는 것입니다.
그렇게 눈물을 쏙 뺀 태극기는 난생처음 봤습니다.

망줄을 끊으려 안간힘을 쓰던 쌍타망.
그제야 뱃머리를 돌려
꽁무니가 빠지게 도망을 치는 것입니다.
부두에 도착한 광명호와 밍크고래.
형님들은 해경들의 감식 과정을 통해 소유권을 인정받았고
일억 천에 낙찰을 받았다고 합니다.

형님들 모두 이젠 1급 선원들이 되셨겠네요.
유명을 달리한 덕규 형님. 하늘에서도 손 시렵다고
'꽁꽁' 거리시는 건 아니죠?

우석이 형님, 성국이 형님, 덕규 형님,
여태 봐 왔던 영화의 그 어떤 배우보다
형님들은 더 빛나고 멋진 우정을 나누는
바다사나이였던 것 같습니다.

아직도 찬 바람이 불고 가슴이 시려지면
딸 '은미'를 부르며 바다로 뛰어들었던 용감무쌍한
형님들의 모습과 눈물 젖은 꽃게 라면에 술잔을 나누던
가거도의 새벽 바다가 꿈길처럼 떠오릅니다.

열다섯 번의 바다의 밤. 이제야 말하는 거지만
사실 바다 위 생활이 너무도 두려웠습니다.
서툰 선원을 친아우처럼 대해 주시고
일당까지 내주신 형님들….
잊지 않고 기억하겠습니다. 감사했습니다.
말레이시아 동생 이반, 결혼은 했을까?

"영원하라, 광명호!"

김치 스타 ﹥ 리뷰 54 · 평균별점 3.8

★ ★ ★ ★ ★

와, 뭣 하나도 버릴 게 없네요.

김치통닭은 말할 것도 없구요.

김말이, 치즈스틱, 고구마떡까지

먹다 보니 걱정이 되네요.

이렇게 주셔도 남는 게 있을까 싶네요.

통째로 상자에 쏟아 버린 것도 아닌 듯

구성품들 가지런히 놓여 있는 게 한눈에도

사장님의 정성이 느껴집니다.

왜 이제야 김치통닭을 만났을까요.

20년이 넘었다고 하는데.ㅠ

지금까지 먹은 치킨의 기억들이

지워져 버리네요.

우리 가족은 이제 김치통닭으로

편승 이별합니다.

사장님, 그리고 배달 늦어도 됩니다.

죄송하다는 문자 안 주셔도 됩니다.

기다려서 먹을 만한 값어치가 있는 치킨입니다.

←   **리뷰**   🏠 🛒

 김치 스타 >   리뷰 8 · 평균별점 4.6   ⋮
★ ★ ★ ★ ★

오늘 드디어 20년이 넘었다는 김치통닭을 만났습니다.

무슨 치킨 배달이 7전 8기도 아니고

와 정말 오늘도 실패하면

다시는 안 먹으려고 했는데

기적처럼 배달이 됐습니다.

맛만 없으면 그동안 애타게 한 죄까지 물어

별 테러 들어갈라 했는데...ㅋ 미쳤어요.

세상에, 치킨에서 김치전 맛이!

세상에, 이런 치킨을 왜 이제야 만났을까요.

심지어 전대를 나왔는데

20년이 넘은 통닭집을 학교 다니는 동안

한 번도 안 가 봤다니

학교 헛다닌 것 같습니다.

이제부터 내 사전엔 김치통닭뿐입니다.

졸음 쉼터

인생을 닮은 추억의 주사위 놀이.
언젠가 뱀의 머리를 피해
엘도라도에 도착하는 날이 오겠지요.

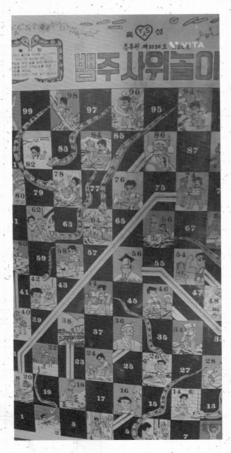

P. 170

까치 낙서

청년 여러분,
살다 보면 위기일발의 상황은
늘 겪는 일입니다.
당장 가진 게 없어도 청년이라는 이름은
무한의 가치가 있다고 생각합니다.
그러니 미래의 내 모습을 담보로 거시고
세상을 향해 외치세요.

"외상! 다음에 드리겠습니다."

★ 김치통닭 선언문 ★

김치는

중국의 파오차이도 일본의 기무치도

넘볼 수 없는 조선의 오천 년

밥상을 지켜 온 대한민국의 소중한

문화유산입니다.

Kimchi chicken deciaration

Kimchi is a precious cultural
heritage of korea that has
preserved the joseon dynasty's
dining table for 5,000years,
surpassing even china's
paochai and japan's kimuchi.

깐부들의 이야기

38대 전남대학교 총학생회 대표 장송회

"형님 김치통닭 하나요~~"

어디서 시키든 까치 형님은 귀신같이 찾아옵니다.

"야, 야~~ 많이 먹어라이~~~~"

닭값은 담에 줘도 되니까 가게 함 놀러 와야~~"

학교 캠퍼스 잔디밭에 앉아 있으면 저 멀리서

걸어오는 까치 형님의 모습이 선합니다.

까치통닭은 스무 살 우리들의 친구입니다.

37대 전남대학교 총학생회 부대표 유형철

대학 시절 수많은 추억.
추억 속 저의 마음 한편에
자리하고 있는 곳이 있습니다.
맛과 멋과 정이 있는 그곳. 까치통닭입니다.
대학 문화가 변화하고 시대가 변해도
한결같은 마음으로 청춘들을 청춘의 마음으로
만난 지 24년이 지났다고 하니 참 대단합니다.

이야기를 좋아하고 노래를 잘 불러
예술가의 기질도 뛰어났던 형님의 출간을
진심으로 축하합니다.
사람 냄새를 좋아하던 형님의 사람 향기 그득한 책을
많은 사람이 만나 보길 기대합니다.

24년이라는 기나긴 시간의 흔적을 더듬고 다듬으며
많이 행복했을 형님의 모습이 그리운 오늘입니다.

40대 전남대학교 총학생회 부대표 김영진

숨 가쁜 삶 속에 잊은 척 살지만

술과 맛과 정을 아직도

기억합니다.

연락도 한 번 못 드리고 죄송합니다, 형님.

건강하시고 술 한잔 기울일

그날을 기대하겠습니다.

40대 전남대학교 총학생회 대표 김현웅

우리의 선거 포스터와 기념 티를 걸어 두고
20여 년의 인연과 시간을 귀한 재산으로
여겨 주는 곳.
사장 형님 선봉으로 "오늘 장사는 끝!" 조기 마감
해 버리고 김광석 노래를 떼창하던 까치는
여전히 정신적 고향. 민족 전남대의 풍경으로
남아 있습니다.
영원하라! 민족 까치여!

41대 전남대학교 총학생회 대표 오주성

해가 기울면 까치는 동아리방이고
과실이었습니다.
까치 형님 두 손에 서비스 맥주.
철푸덕 앉아 부르던 노래가
늘 그리운 밤.

53대 전남대학교 총학생회 대표 이홍규

나한텐 너희들이 가장 높은 사람들이라고
말씀하시는 까치 사장님.
우리 전대생들과 다른 청춘들을 위해 본인의 청춘과
삶을 바치신 우리의 의인입니다.
의인의 삶과 전대생들의 추억이 담긴 이 에세이를
깊은 존중을 담아 추천합니다.

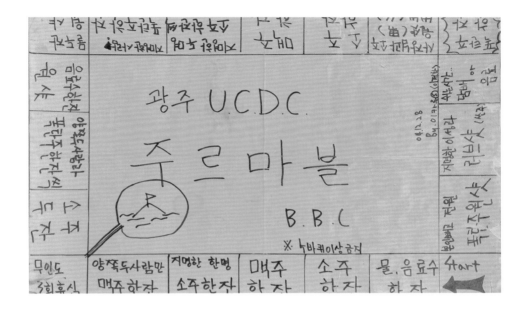

UCDC 전사들 .. 10년 후..

그때 그 밤처럼 눈이 날리면

주르마블과 술잔을 올려놓고

그대들을 기다리겠습니다.

다시 만나는 그 날을 손모아 기다리겠습니다.

♡남자는 원샷! 여자는 사장님과 뽀뽀가 젤 좋았답니다

2028년 현수와 가현의 결혼식에 삼가 모십니다

원고 발송 전 가게에 들른 불타는 커플입니다.

현수(24) 군과 가현 (24) 양은
대국민 앞에 약속드립니다.
비가 오나 눈이 오나 지금의 사랑을 잘 가꿔서
2028년 시월의 마지막 날,
전남대학교 민주 마루 앞마당 정오!
국민들이 지켜보시는 가운데
백년가약을 맺을 것을 약속합니다.
앞으로 저희들의 사랑을 응원해 주시고
현수와 가현은 다른 사람이 아닌 나의 짝꿍의
손을 잡고 국민 앞에 설 것을 맹세합니다.
야외 결혼식입니다. 그날 만나요!

혹시 이 짝꿍이 아니라면 남은 생은 혼자 살아가기로
사장님과 약속했습니다.

(주인 백) 연분 할머님이 두 사람의 끈을 이어 주실지
두 사람의 운명은 아무도 모릅니다.
그럼에도 가게를 나서는 짝꿍들이 아름다웠던 건
청춘들만이 그릴 수 있는 내일의 모습이 부러워서입니다.
잊지 마세요!
밤 길을 함께 걸을 수 있는 사람이 곁에 있다는 게
얼마나 든든하고 소중한 일인지..